AVENTURES

EN

NOUVELLE FRANCE

Roman de

Michel Boisset

© 2024 Michel Boisset
Édition : BoD · Books on Demand GmbH,
In de Tarpen 42, 22848 Norderstedt (Allemagne)
Impression : Libri Plureos GmbH, Friedensallee 273,
22763 Hamburg (Allemagne)
ISBN : 978-2-3225-3489-0
Dépôt légal : Décembre 2024

Travaillons sans raisonner

C'est le seul moyen de rendre la vie

supportable

Voltaire

Chapitre 1. Départ pour la Nouvelle France

Sylvain Portail regardait s'éloigner la tour du Garrot, aux lucarnes éclairées, dans la nuit tombante du 3 juillet 1749.

Il n'avait jamais quitté La Rochelle, la ville de son enfance, rue Saint Jean, près du port.

Et le voilà parti pour la Nouvelle France, plusieurs mois à arpenter le pont de la Clepsydre, un senau[1] gréé de voiles carrées en brick, de plus de vingt-deux mètres de long ; mais avec juste six petits canons, pour traverser l'Atlantique.

Sylvain accompagnait son père Jean-Baptiste et son oncle l'abbé Chataud.

---

[1] Senau : navire marchand

L'un voulait faire commerce de peaux de bêtes et l'autre évangéliser les bons sauvages, comme disait Jean-Jacques Rousseau.

Sylvain avait perdu sa mère, voici déjà six mois, et plus rien ne le retenait, de même que son père, dans cette bonne ville de La Rochelle.

Un visage d'adolescent sur un corps d'homme achevé ; les journées passées à ramer dans son canot, pour faire traverser le port aux Rochelais ne voulant pas en faire le tour, avaient forgé son dos, ses bras et ses cuisses.

Des cheveux châtains fournis et bouclés, des yeux rieurs et un semblant de barbe rendaient son visage attrayant.

Son père lui ressemblait peu ; blond aux yeux verts avec une barbe épaisse, plutôt renfrogné, une bouche fine mangée par sa moustache grise, et des rides nombreuses

que son métier de gabelou, par tout temps, avait accentuées.

– Père Chataud, on arrivera en Louisiane dans combien de jours, demanda Sylvain ?

– Ça dépend du temps que nous allons rencontrer ; on compte quarante jours, sans incident. S'il y a une tempête ou des rencontres délicates avec des pirates et surtout des vaisseaux anglais, ça peut être le double.

– Je trouve que les matelots sont bien excités, remarqua Jean-Baptiste.

– Ah, ce n'est pas la cargaison habituelle, répondit l'abbé. Le capitaine m'a confirmé que nous ferons route directe pour La Nouvelle Orléans ; donc pas de cargaison d'esclaves noirs à embarquer sur les côtes africaines. En revanche, nous avons chargé des dizaines de femmes à marier pour les colons de Louisiane. Cela a de quoi

émoustiller nos marins. Il y aurait une quarantaine de femmes de mauvaise vie, déportées pour assainir certains quartiers de Paris. Il semble même que certaines bonnes familles se soient débarrassées de filles enceintes en demandant leur déportation, au moyen de lettres de cachet.

– En fait, tout cela, intervint Jean-Baptiste, a pour seul but de peupler la Louisiane composée essentiellement d'indiens de multiples tribus et d'esclaves noirs. Sinon les colons vont faire de nombreux métis.

– D'où les filles à la cassette, confirma l'abbé.

Sylvain n'eut pas le temps de questionner son oncle. Dans un claquement brusque, les voiles venaient de se gonfler fortement sous une bourrasque soudaine.

– Préparez la misaine, hurla le capitaine ; envoyez la grand-voile et les perroquets ; faîtes porter au maximum.

– Il faut prendre le vent, cria le bosco[2] ; grouillez-vous de libérer ce petit perroquet.

L'agitation n'était pas seulement humaine. Le senau s'agitait de tribord en bâbord. Jean-Baptiste avait pris son fils par la taille en lui disant de s'accrocher au bastingage. C'est à cet instant que l'abbé Chataud commença à changer de visage : ce trouble d'équilibre qui prend d'abord à la tête, puis descend sur l'estomac.

– L'air iodé sent parfois le vomi, commenta Jean-Baptiste, en détournant la tête.

Les marins passaient en riant devant l'abbé.

– Faut pas boire de l'eau de mer à marée basse, l'abbé ; à marée haute, faut tout rendre, même son âme !

Sylvain n'avait jamais porté attention au crâne de son oncle ; pour la première fois, il le voyait sans sa calotte et

---

[2] Bosco : maître d'équipage

il repensa au jardin de sa grand-mère où paissait tranquillement Jeannette, sa biquette blanche et laineuse. Elle broutait toujours la belle herbe tendre du milieu avec quelques chiendents, et ignorait les pousses d'arbustes et les fleurs d'œillets nains, tout autour ; le jardin semblait ainsi tonsuré.

L'abbé Chataud abordait la quarantaine et de premières rides rayaient son front très large, contrastant avec un menton tout en pointe ; sa bouche assez fine lui permettait d'offrir un sourire plein de bonhommie.

Jean-Baptiste chantonnait, heureux que le vaisseau ait enfin pris le grand large.

– On va aller choisir nos hamacs pour la nuit, dit-il à Sylvain. J'espère que l'abbé a vomi tout ce qu'il pouvait, sinon à l'intérieur ce sera désagréable.

– Mais on va dormir où, demanda Sylvain ?

– Dans la Sainte Barbe, là où les canonniers rangent la poudre, c'est le lieu le plus protégé.

La salle était immense, emplie de hamacs suspendus, aussi bien pour les femmes que pour les hommes. Sylvain se cogna deux fois contre les poutres du plafond et trébucha au sol contre une solive qui permettait de bloquer des sacs de marchandises. C'est qu'il y faisait sombre, sans aucune ouverture, avec de rares lampes à huile pendues au plafond qui raréfiaient encore l'air non renouvelé.

Provenant du fond de la pièce on entendait des bruits d'animaux ; des porcs, des moutons et des poules en cage : la viande fraîche du voyage.

Les hamacs étaient proches les uns des autres et ne permettaient aucune intimité. Sylvain et son père trouvèrent enfin trois hamacs libres ; encore fallait-il s'y installer sans tomber et Sylvain fut pris d'un grand éclat de rire en voyant l'abbé se débattre, suspendu au hamac, les fesses dans le vide et un pied en l'air, essayant de trouver son équilibre, au moment où un coup de roulis secoua le bateau.

C'est là qu'il la vit pour la première fois ; un beau visage de jeune fille, fendu d'un franc sourire, à regarder l'abbé renfiler sa soutane, tout en râlant, dans un ultime rétablissement. Un léger rai de lumière éclairait ses cheveux blonds et son front pâle, et contrastait avec ses yeux noirs, reflétant des étincelles de lumière, en fonction des balancements des lampes. Un regard auquel s'accrocher pour s'endormir avec douceur, au milieu de ce cloaque bruyant, chaud et étouffant. Ils ne se quittèrent pas des yeux, longtemps, jusqu'à ce que la fatigue éteigne enfin les étoiles de leurs pupilles.

– Debout là-dedans ! Petit déjeuner, café, thé, chocolat, hurlait le coq[3] de bonne humeur, en tapant du pied sur les poteaux de soutien des hamacs. Sortez prendre l'air !

Tous les passagers chutèrent de leur hamac, plus ou moins volontairement.

Un ciel clair, un peu nuageux, un léger vent frais, toutes les voiles gonflées et une mer assez calme. Une table était dressée avec des gobelets de métal, deux soupières remplies de biscuits secs et deux grands pichets fumants. Sylvain emplit trois gobelets de ce qui s'avéra être du café, tandis que son père prenait de grosses poignées de biscuits.

– Hôtellerie de luxe, s'exclama l'abbé Chataud ; ça me rappelle bien les retraites en période de carême ! Mais attention aux dents ; ces biscuits de marin nécessitent un burin si on veut les casser en deux. Il faut faire tremper.

---

[3] Coq : chef cuisinier

Ils s'étaient assis sur un coffre dont dépassaient des cordages usagés et des poulies cassées.

– Ce café est pire que celui de Tante Juliette, déclara Jean-Baptiste ; il est coloré, mais n'a pas le goût de café.

– La couleur, c'est celle de l'eau corrompue, répondit leur voisin ; quant au café, cela s'appelle de la chicorée. On boit que ça dans le Nord. Je me présente : Paul Ciccone ; je suis condamné à la déportation pour commerce de sel, faux saunier, quoi.

– On était fait pour se rencontrer ! Moi c'est Jean-Baptiste Portail et j'étais gabelou pour la Ferme, dans les îles charentaises.

– Tudieu, glapit Ciccone, on me poursuit jusque sur le bateau.

Jean-Baptiste éclata de rire et lui révéla qu'il quittait son métier d'employé des fermiers généraux pour s'établir en

Nouvelle France, où, à sa connaissance, il n'y avait aucune production de sel.

– Le café est infect, dit Jean-Baptiste, on ne pourrait même pas s'en servir pour se laver.

– Le dimanche, lui répondit Ciccone, on peut se laver à l'eau de mer ; les marins laissent filer des tonneaux et les remontent pleins d'eau et on peut s'asperger avec des louches ; des gros cubes de savon gris sont à disposition. Ce qui est dommage c'est que seuls les hommes en profitent, ajouta-t-il en gloussant grassement.

– Ah ? Je comprends, mais que penseriez-vous d'une femme qui ferait de même, torse nu, répondit Jean-Baptiste ? Si ce sont les prostituées déportées qui s'y mettent, le bosco n'aura plus qu'à sortir le fouet pour tenir ses matelots.

– On devrait pouvoir aussi mettre du linge dans des cages, pensa Sylvain et le laisser filer au bout de cordages, au fil de l'eau ?

– Si les requins n'attaquent pas la cage, sans doute, répondit Ciccone ; mais après tu fais sécher ton linge au soleil, et le tissu plein de sel devient raide et rêche et ça gratte un peu. Les cages c'est utile aussi pour calmer les matelots désobéissants : une petite heure en mer, traîné comme une petite chaloupe à l'arrière du navire, tu goûtes bien le côté iodé du baptême. Mais il en est qui ne méritent pas mieux et ce ne sont pas des pertes.

– Vous avez l'air de vous y connaître en traversée maritime, remarqua l'abbé.

– Je connais bien les côtes de la mer du Nord, en effet ; mais avec des embarcations plus discrètes, pour la contrebande.

– Il va falloir aussi occuper nos journées, grognait Sylvain.

– J'ai amené une bible et trois livres, dit l'abbé ; je te propose une lecture éducative ?

– Attention au grain, hurla le bosco.

Effectivement le ciel s'était assombri ; un coup de vent vint confirmer l'alerte du maître d'équipage. Et ce fut l'averse ; une pluie tiède, violente, drue.

On ne voyait pas à dix mètres ; un rideau bruyant, tumultueux, masquait l'autre côté du pont.

C'est à ce moment que Sylvain aperçut de nouveau la fille au visage clair, de la nuit passée.

Elle se tenait debout sous ce déluge soudain, bien campée sur ses jambes ruisselantes. Sa robe légère et ses jupons collaient à sa peau, tandis qu'elle frictionnait ses cheveux sous l'ondée bienfaisante.

– Elle a raison, cria Sylvain, il faut en profiter pour se laver les cheveux.

Il ôta ses chaussures et courut se dandiner lui aussi sous la pluie. Ils se regardaient en riant, heureux de ce moment de liberté, sans s'approcher l'un de l'autre.

– Vous êtes complètement idiots, hurla Jean-Baptiste ; il vous faudra des heures pour sécher, et vous allez attraper la crève. Sylvain, reviens t'abriter.

De toute façon le grain venait de cesser, déjà chassé par un autre coup de vent.

Sylvain et la jeune fille, trempés, allèrent s'asseoir sur un canot de sauvetage bâché, haletant encore après leurs nombreuses gesticulations.

– J'ai lu que nos bons sauvages de Louisiane font ça aussi, dit l'abbé ; c'est la danse de la pluie.

Sylvain retira ses chaussettes et les essora.

– Je vais faire pareil, dit la jeune fille et elle retroussa ses jupons pour détacher ses bas et les tordre délicatement, mais fermement.

Le soleil était réapparu et leurs vêtements fumaient, laissant s'échapper une vapeur bleutée.

– J'imagine que vous êtes fiers de vous, les jeunes, intervint l'abbé Chataud ; et elle s'appelle comment ta danseuse, Sylvain ?

– Je m'appelle Colette, dit la jeune fille rougissante et je voyage parmi les filles dîtes à la cassette. Je suis orpheline, plus rien ne me retenait à Paris.

– Moi, c'est Sylvain et je voyage avec l'abbé et mon père qui nous a engueulé tout à l'heure.

– Au moins on ne sentira pas mauvais ce soir, dit Colette ; cette nuit, j'ai senti des effluves auxquels je ne suis pas habituée.

Et puis sous la pluie, j'en ai profité pour faire pipi.

Une fille m'a raconté que les toilettes des passagers sont en plein air, à la proue. Ils appellent ça, la poulaine. On fait ses besoins sur des claies pour que ça tombe directement dans la mer, et si ça ne tombe pas, il faut prendre un petit balai pour pousser dans les fentes.

– Je n'y suis pas encore allé, reconnut Sylvain ; il y avait un fût pour ça, dans un coin de la Sainte Barbe. Mais pourquoi es-tu une fille à la cassette ?

– Ah ! C'est la cassette du Roi. En fait, les orphelines, à charge de l'Etat, sont dotées d'un trousseau et d'un petit pécule, pour se marier avec un colon de Louisiane. Mais là je plonge vraiment dans l'inconnu, dit-elle en prenant sa tête dans les mains.

– Mais tu n'épouseras pas de force, s'offusqua Sylvain ?

– Non, mais au bout de trois mois, si je ne m'engage pas à me marier, je ne suis plus logée par l'intendance du roi, et je perds mon pécule. Il me resterait l'accueil des sœurs ursulines avec qui je voyage, avec la seule possibilité d'apporter des soins aux malades ou aux mourants.

– Moi, je ne suis pas obligé de me marier, mais j'ignore autant, ce que sera demain. Mon père veut ouvrir un commerce de peaux de bêtes à la Nouvelle Orléans et l'abbé veut commencer son rôle de missionnaire en remontant le Mississippi. Je vais donc accompagner mon père au début de son projet, après on verra…

Sylvain jouait avec ses chaussettes dont il avait fait une boule qu'il lançait en l'air.

Soudain la cloche des cuisines se fit entendre et le coq apparut avec une table roulante portant une marmite fumante et une grande quantité de bols et de cuillères en bois.

Le déjeuner consistait, ce jour, en un brouet fait de semoule d'avoine et de fèves, accompagné de morceaux de thon pêché le matin même. De l'eau et du cidre permettait de digérer cette bouillie un peu épaisse, graissée à l'huile d'olive.

Chacun fut satisfait de s'emplir le ventre, en prenant son temps. Le déjeuner était un moment convivial où le coq pouvait plaisanter avec les passagers.

– Zut, voilà sœur Béatrice, dit Colette, je vais passer un mauvais moment.

Sylvain comprit vite qu'il y avait un problème et fit signe à l'abbé Chataud de le rejoindre.

– Et bien, Colette, on s'affiche avec une robe collante, comme les femmes de mauvaise vie, éructait la sœur, rouge de colère.

– Vous n'avez pas toute l'histoire, intervint l'abbé ; je lisais tantôt à nos jeunes quelques pages de l'ancien testament, et notamment le passage sur l'arche de Noé. Ils ont joué la scène finale en imaginant que l'averse était le déluge, mais ils l'ont bien jouée, avec cœur.

– Ah vous les connaissez, mon père, bafouilla sœur Béatrice ?

– Bien sûr, ce garçon est mon neveu et je vous garantis de sa piété et de sa bonne éducation.

– Si vous surveillez aussi Colette, alors je vous fais confiance, mon père.

Sœur Béatrice s'éloigna calmée et l'abbé fit un clin d'œil à Sylvain en lui disant :

– Ne me refais pas un coup de ce genre, j'étais à deux doigts du mensonge.

– Vous m'adoptez pour le voyage, mon père, demanda Colette, rayonnante ?

– Demande plutôt à Sylvain, je n'ai plus l'âge de suivre vos bêtises.

Colette posa sa tête sur l'épaule gauche de Sylvain en soupirant d'aise. Voilà bien longtemps qu'elle n'avait pas connu d'appui aussi chaleureux, dans sa courte vie solitaire.

– Tu as de gros orteils, je trouve, dit-elle en comparant leurs pieds.

– Gros ? Non, ils sont musclés. Quand j'étais petit, mon père avait adopté un petit singe abandonné dans un trafic de contrebande. Il était adorable et m'imitait souvent ; alors je faisais de même et je m'exerçais à attraper des objets avec mes pieds et j'ai musclé mes pouces pour devenir quadrumane. J'arrive à retirer mes chaussettes sans les mains. Mais c'était un ouistiti très mignon.

– Je vais t'appeler ouistiti, alors, déclara Colette, en éclatant de rire.

– Toi, tu as bien le pied droit qui se tord vers l'intérieur, déclara Sylvain, boudeur.

– Tu as remarqué ? Je suis née avec une malformation du pied droit et dès ma naissance, mon pied a été serré dans un brodequin rigide, pour que je grandisse en redressant mon pied.

– Excuse-moi, dit Sylvain ; je ne pouvais pas savoir, mais apparemment ça a été efficace. Quand tu dansais tout à l'heure sous la pluie, tu étais très agile et pleine de grâce. J'étais sous le charme.

Le visage de Colette, devenu grave, n'était plus celui de l'adolescente. Elle le regardait fixement, mâchoire serrée, immobile, comme en attente.

Jamais elle n'avait entendu pareil propos, la décrivant comme une personne attirante.

Sylvain en fut impressionné. Il leva la main pour lui caresser la joue, mais avant qu'il n'y parvienne, elle lui saisit la main et en embrassa le creux. Il vécut cette douceur soudaine comme une piqûre anesthésiante. Un monde inconnu de sensations s'ouvrait devant lui.

Ils restèrent à se regarder, face à face, muets, immobiles, jusqu'à un appui calme, front contre front, chacun respirant l'odeur de l'autre.

C'est elle qui rompit la première, cet instant où le temps s'était arrêté :

– On est encore bien humide, dis donc !

– Tu as raison ; on devrait aller sur le pont avant, prendre le vent pour sécher plus vite.

Jean-Baptiste regardait, en souriant, son fils qui connaissait ses premiers émois.

– Il s'est levé une jolie petite mignonne votre fils, déclara Ciccone. Un petit bijou, vraiment.

A ce moment, sœur Béatrice sortit en trombe de la Sainte Barbe, furieuse, fonçant poings serrés, droit sur l'abbé Chataud.

– Il y a un matelot qui pince les fesses de mes filles. Je vais me plaindre au Capitaine.

– Allez plutôt en parler au bosco, conseilla Jean-Baptiste ; il connaît bien ses hommes et saura y mettre le holà. Tandis qu'avec le capitaine, après enquête, il ordonnera une punition publique.

– Ce sera bien mérité, tant pis pour ce vaurien.

Et sœur Béatrice, toujours en colère, partit vers l'échelle menant au poste de pilotage.

– Il est inutile de vouloir la freiner, dit l'abbé. Elle m'a presque fait peur en fonçant sur moi. Le désir de la chair est l'objet-même du dégoût qui l'a fait prendre son habit de nonnette ; elle ne peut laisser faire, sans quoi, tout son monde s'écroule.

Jean-Baptiste fit la moue ; il avait trouvé un bâton de craie et proposa à l'abbé de faire une partie de morpion.

Le temps était agréable, en dépit de quelques bourrasques qui provoquaient affalements, puis gonflements des voiles, des chuintements suivis de claquements secs, accompagnés de secousses dans les cordages.

Le second du navire et le bosco passèrent soudain en courant, pour rejoindre le poste de pilotage.

— Tiens, la sœur a obtenu satisfaction, commenta l'abbé.
Je crains qu'elle ne le regrette.

— Gagné, cria Jean-Baptiste ! Tu n'es pas au jeu, l'abbé.

La cloche du bateau se mit à sonner, plus longuement que d'habitude.

— Ce n'est pas déjà l'heure du dîner, fit remarquer Jean-Baptiste.

— Réunion de l'équipage en carré, hurla le bosco.

Un mouvement général et silencieux s'opéra ; chaque matelot montait des cales, ou descendait des mâts par les échelles de corde ou accourait de l'autre bout du pont, pour former un carré au pied du mât de misaine.

Le second et le bosco descendirent sur le pont, poussant devant eux un gabier, torse nu, hirsute et rageur. Le capitaine, face aux matelots, prit la parole du haut du poste de pilotage :

– Le marin Cornec a reconnu être coupable de gestes déplacés, d'observations cachées de la gent féminine présente sur la Clepsydre et enfin d'attouchements violents par derrière.

Il est condamné à une peine de quinze coups de garcette.

Le matelot fut attaché par les bras, le ventre contre les marches de l'échelle de meunier menant au poste de pilotage. Le second du capitaine cria :

– Quartier maître Le Vigan, exécution !

Le quartier maître approcha avec un fouet dont l'extrémité se divisait en une dizaine de filins, auxquels étaient noués des hameçons pour pêcher le gros.

– Lâchez la poule cria-t-il, et une poulette blanche, extraite d'une cage, fut jetée au milieu du carré des hommes, immobiles.

Alors le cinglement du fouet se fit entendre, déchiquetant des morceaux de chair qui, à peine tombés au sol, faisaient les délices de la poule.

Chaque coup était compté à haute voix.

Les passagers, figés, regardaient la scène avec horreur. Au dixième coup le condamné s'était évanoui. Entre chaque cinglement, un silence s'installait, rompu par les seuls coups de bec de la poule ravie de ces agapes ; puis le sifflement du fouet reprenait, avant d'éclater encore le dos du malheureux.

Sœur Béatrice, debout aux côtés du capitaine, était pâle comme un suaire et se tenait à la rambarde pour ne pas s'effondrer.

– Quinze, cria le quartier maître. Marins, prenez soin de votre camarade.

Plusieurs matelots se précipitèrent pour délier le gabier et le porter dans la salle d'équipage.

– C'était horrible, dit Sylvain à son père ; quel crime avait-il commis ?

– Il a pincé des fesses de demoiselles.

– Toucher à une fille à la cassette, expliqua l'abbé, c'est toucher à une protégée du roi, donc défier l'autorité du roi, un crime de lèse-majesté.

Sylvain regarda Colette avec inquiétude et respect.

– Le problème, dit-elle, ce n'est pas tant qu'il ait pincé des fesses, c'est que les filles n'étaient pas du tout consentantes. Je vivrais ça comme un viol ; outre la brutalité imbécile d'un geste qui n'apporte de plaisir à aucun des deux.

– Le capitaine a organisé cette exécution pour l'exemple, commenta Jean-Baptiste ; j'espère pour toi, Colette, que cette protection sera aussi bien assurée, quand nous serons arrivés en Nouvelle France.

– C'est ma terreur, confia Colette ; qui me protégera là-bas, à part les Ursulines ?

– Moi, gémit Sylvain ; je ne veux pas que tu vives dans la peur des hommes.

– On se calme, dit Jean-Baptiste, on est encore sous le coup de l'émotion. Mais on pourra veiller sur toi, y compris l'abbé, le temps que chacun s'installe à la Nouvelle Orléans.

– Le plus étonnant fut le rôle donné à cette poule, dit l'abbé. Comment dédramatiser en intégrant un élément ridicule, mais de façon organisée, prévue.

Chacun tenant son rôle, le bourreau, le condamné, la dénonciatrice, et les spectateurs silencieux. C'est du théâtre de Shakespeare auquel nous venons d'assister.

– Moi, ça m'a retiré l'envie de manger du poulet, dit Ciccone, en mettant un coup de pied dans un morceau de chair oublié. Mais c'était un beau spectacle, vraiment, très chouette.

Chapitre 2. Dix jours plus tard au grand large

Le bosco entra soudainement dans la Sainte Barbe :

– Tout le monde dehors ; on va avoir une belle tempête !

Après quelques cris de panique, tous les passagers, encore endormis, émergèrent sur le pont, sous un jour naissant. Le ciel montrait un horizon bien sombre, mais le vaisseau ne subissait pas encore de mouvements d'inclinaison.

– Il faut manger maintenant, déclara le second ; dans une heure, ce ne sera plus possible.

Chacun venait avec inquiétude prendre sa poignée de biscuits de mer et son gobelet de mauvais café bouillant. Le groupe des filles à la cassette restait prostré dans un coin, à mâchouiller leurs biscuits, tout autour de leurs sœurs ursulines.

Le groupe des prostituées était plus agité ; certaines racontaient d'horribles histoires de naufragés, attaqués par des requins.

Des trombes d'eau commencèrent à tomber et la plupart des passagers se réfugièrent dans la Sainte Barbe. De premiers éclairs éclatèrent, illuminant les visages effrayés des passagers. Le tonnerre essayait de couvrir le bruit du vent, en bourrasques dans les voiles.

– Affalez toutes les voiles, hurla le second du capitaine.

Le fracas d'immenses vagues couvrit, à son tour, le bruit du vent violent.

– Les prostituées font aussi leurs prières, remarqua l'abbé Chataud ; rien de tel que des éléments déchaînés, pour retrouver le chemin de Dieu !

A peine avait-il terminé sa phrase qu'une vague immense, passant par-dessus le bastingage, balaya le pont et faillit l'emporter par-dessus bord.

– Il faut utiliser des cordages pour s'attacher à l'échelle de meunier du poste de pilotage, hurla Jean-Baptiste, entraînant son fils par la taille. Ils se ligotèrent tous les trois, ballotés par les mouvements incessants du navire. Des cordages se balançaient dans le vent en tous sens et Sylvain fut heurté à la tempe par une poulie de bois. Il hurla plus de peur que de douleur.

Un matelot redescendant d'un mât s'effondra sur le pont, glissa vers eux et s'accrocha au froc de l'abbé, pour ne pas passer par-dessus bord.

– Je ne sais pas nager, cria-t-il, que Dieu me protège… ou Neptune.

L'homme cherchait l'air, bouche grande ouverte, sous les rafales d'eau de mer ; ses cheveux ruisselants se mêlaient à sa barbe noire et ses yeux étincelaient des zébrures des éclairs. Sylvain crut voir un instant le portrait d'un dieu romain déchu.

Des crêtes de vagues continuaient à se déverser sur le pont, balayant un morceau de voile déchirée, des seaux en bois et leurs brosses, et quelques gobelets oubliés.

Sylvain regardait avec inquiétude le grand mât secoué par la résistance au vent du seul petit perroquet non affalé. Le senau était balloté à chaque nouvelle lame, dans un roulis rythmé par l'écrasement de chaque forte vague contre la coque.

– Tu as remarqué, cria Jean-Baptiste à son fils, quand ça remue vraiment, ton oncle n'a pas le mal de mer.

Pourtant l'abbé montrait un visage gris-vert et s'agrippait à son tour au matelot venu le percuter. Sylvain pensait à Colette qui devait s'accrocher à son hamac pour rester debout à chaque nouveau heurt des vagues. Du moins est-elle à l'abri, pensa-t-il.

Le capitaine devait toujours tenir la barre et le cap, puisque les vagues déferlaient toujours sous le même angle, sans mettre le bateau en travers de la houle.

– La vitesse du vent doit atteindre soixante nœuds, cria le matelot ; j'ai rarement connu pareil ouragan.

Chacun ne pensait qu'à une chose : rester assis, agrippé à un filin ou un cordage, lui-même fermement attaché à une structure stable et solide.

– Tout est blanc, remarqua Sylvain.

Les flashes répétés des éclairs illuminaient la scène. L'écume des crêtes des vagues déferlant sur le pont, abandonnait des blocs de mousse ballotés par les bourrasques et le ciel, à présent empli de nuages noirs, en amplifiait le contraste.

Noir ou blanc : la tempête avait chassé toute couleur.

L'ouragan dura encore une bonne heure, avant que le vacarme ne se calme et que la mer et le ciel retrouvent des teintes permettant de les distinguer.

Des marins commencèrent à se déplacer et à jauger les dégâts commis par la tempête.

Jean-Baptiste avait une main ensanglantée d'avoir trop longtemps serrer un cordage usagé, entré dans ses chairs. Sylvain fut le premier à se relever, heureux de tenir enfin sur ses jambes. Il aida son oncle à se redresser, encore étourdi, et qui, alors que le navire retrouvait un roulis lent et régulier, ne put s'empêcher de dire : oh ! ça bouge, là !

– Mon oncle, on va aller chercher de quoi se sécher ; j'ai l'impression de sortir d'une lessiveuse géante.

Les matelots remontaient déjà sur les vergues pour dénouer et libérer les voiles.

Sylvain entra dans la Sainte Barbe, sans dessus-dessous ; les porcs et les moutons s'étaient échappés de leur enclos et piétinaient les affaires et vêtements des passagers, tombés des hamacs. Les prostituées et les jeunes filles s'étaient groupées dans un angle, au plus profond de la salle obscure. De l'eau était parvenue à s'infiltrer entre les planches de la coque et glougloutait de bâbord en tribord.

L'abbé Chataud s'approcha des femmes et vit avec étonnement qu'une des prostituées, forte et âgée, tenait sœur Béatrice dans ses bras et la berçait en lui chantonnant une comptine d'enfant.

Colette émergea soudain du groupe et se réfugia dans les bras grands ouverts de Sylvain.

– Tu es plus trempé que moi, lui dit-elle en sanglots. C'était terrible cette tempête ; on ne savait pas à quoi se tenir pour ne pas tomber. Mais tu es blessé ?

– Une poulie, au bout d'un filin mal attaché, m'a cogné la tempe ; je n'avais même pas vu que je saignais. Viens prendre l'air, ici ça sent le vomi et l'urine.

Le bosco entra accompagné de deux marins tirant des tuyaux.

– Pompez moi cette flotte, et remettez toutes ces bestioles en cage ; je parle des animaux, précisa-t-il, dans un rire sonore montrant ses dents déchaussées.

Dehors, le navire avait repris de la vitesse, toutes voiles gonflées et le soleil perçait déjà derrière des nuées plus claires.

Le capitaine regardait avec soulagement que seule la voile d'un perroquet était à réparer.

Jean-Baptiste monta au poste de pilotage pour s'assurer que le senau manœuvrait toujours de façon satisfaisante.

– Si je ne m'étais pas foulé le poignet droit, ça irait mieux, dit le capitaine. Je vais prendre du retard pour rédiger le livre de bord. Mon second sait lire, mais pas écrire, et les autres matelots, inutile d'en parler.

– Si vous avez besoin d'une petite main, sous votre dictée, proposa Jean-Baptiste en riant, je peux vous rendre ce service. Je travaillais pour la Ferme générale, j'ai l'habitude de rédiger des rapports.

– Je vous embauche alors, dit le capitaine, mais je n'ai pas de caissette pour vous rémunérer. Je peux vous inviter à partager mes repas du soir, vous et ceux qui vous accompagnent.

– Marché conclu alors, s'empressa Jean-Baptiste.

– Pour commencer, mettez cette casquette de sous-officier et l'équipage vous traitera avec respect et attention.

Jean-Baptiste sortit sur la passerelle dominant le pont, fier de son nouveau rôle et de son couvre-chef. Sylvain et Colette sortaient juste de la Sainte Barbe et regardèrent ébahis le nouveau promu, qui se fit un plaisir de les saluer en levant sa casquette.

— Je prends les commandes de ce navire !

Tous éclatèrent de rire, y compris le capitaine, qui montra néanmoins les galons de ses épaulettes.

— On a pris un peu de retard, dit-il, et surtout on a dérivé ; ce changement de cap va nous coûter une journée, et ce ne sera peut-être pas la seule…

— Voile en vue, cria un gabier depuis la hune[4] de misaine. Plein ouest.

Le capitaine prit une longue vue et observa l'horizon, dans l'axe indiqué par la vigie.

---

[4] Hune : plateforme élevée en saillie des mâts

– Shit, cria-t-il, c'est un Anglais. On navigue au plus près et on ne tire aucun bord ; on regarde s'il veut se rapprocher.

Tous les passagers étaient penchés sur le bastingage de bâbord pour essayer de voir le drapeau du navire.

– On est toujours en guerre larvée avec les Anglais, dit le second, mais au grand large, je ne vois pas leur intérêt à nous attaquer.

– C'est un brigantin, s'étonna le capitaine en reposant sa longue vue ; ce n'est pas un type de bateau construit en Angleterre.

Plusieurs passagers essayaient avec des jumelles, de mieux identifier cet inquiétant deux mâts et de compter son nombre de sabords.

– Je n'ai jamais vu un drapeau anglais comme celui-là, déclara Ciccone en se tournant vers Jean-Baptiste ; il est entièrement rouge avec juste la croix de Saint Georges, en haut à gauche.

– C'est le drapeau des treize colonies, dit le bosco, je préfère ; ce doit être un navire de commerce, mais restons méfiant.

La distance entre les deux navires ne se réduisait pas, chacun poursuivant sa route après avoir essuyé la même tempête.

– Faites libérer la Sainte Barbe de tout passager, cria le second, et ouvrez les sabords. Ils doivent nous observer eux aussi, autant montrer nos intentions.

Douze matelots canonniers s'activèrent pour dégager le sol, de tout encombrant. Chacun des six canons apparut, entouré d'un petit tas de boulets de vingt-quatre livres, ainsi que des gargousses[5] de poudre suspendues aux solives du plafond.

– On peut faire face avec seulement trois canons de chaque bord, demanda Sylvain ?

– C'est un navire de commerce, pas de combat, répondit le second. Notre avantage c'est notre légèreté et notre vitesse. Mais si un vaisseau nous approche avec de mauvaises intentions, nos nouveaux canons ont l'avantage d'une longue portée, on vise à une toise et demie.

Cependant le brigantin maintenait son cap sous le vent, en un axe quasi parallèle au senau.

Sœur Béatrice tournait en rond sur le pont, agitée, se grattant la tête en pestant.

– Alors ma sœur, dit l'abbé Chataud, on a un nouveau souci, mais on n'ose pas en parler ?

---

[5] Gargousse : enveloppe de papier emplie de poudre noire

– Ah oui, l'abbé, mais je ne sais comment dire ça !

– Oh si vous voulez vous confesser, je peux le faire, mais cette traversée difficile doit nous apprendre à relativiser la gravité de certaines actions ou situations.

– C'est la promiscuité avec certaines passagères qui me cause souci. On n'arrête pas de se gratter.

– Il faut en parler au bosco, dit l'abbé ; une épidémie de poux de corps peut être catastrophique. Allons le voir ensemble, si vous voulez.

L'alerte due au brigantin, sous pavillon des colonies anglaises, avait été levée et les marins regagnaient leurs positions et activités habituelles.

Le bosco regarda, d'un mauvais œil, l'arrivée de sœur Béatrice, au poste d'équipage.

– S'il est un lieu que vous devez éviter, depuis la punition au fouet, c'est bien celui des matelots, commença-t-il.

– Je vais parler à sa place, dit l'abbé. Sortons. Pendant la tempête, toutes les femmes se sont regroupées par peur et pour se protéger. Résultat, les jeunes filles, les sœurs et les femmes de mauvaise vie, tout le monde se gratte la tête, et peut-être ailleurs.

– Ah ! Je l'attendais celle-là, râla le bosco ; je vais vous appeler « Sœur la guigne ».

Mais pour la première fois, je vais épouiller des bonnes sœurs !

– Je ne comprends pas, balbutia l'intéressée.

– C'est très simple, vous avez des poux et si on veut éviter le typhus, il faut agir vite. On va vous couper les cheveux ou devoir vous raser le crâne. Après il faudra déclarer si vous avez des démangeaisons sur une autre partie du corps. Dans ce cas, il faudra intervenir médicalement, sur ordre du capitaine. Donc première étape, avant le dîner de ce soir, toutes les passagères passeront à la tonte. Je vais en informer le capitaine.

Sœur Béatrice s'éloigna, catastrophée de cet entretien.

– Il vaut mieux perdre ses cheveux qu'attraper le typhus, lui dit l'abbé, c'est une maladie mortelle. Il faut que vous en parliez avec les femmes dès maintenant.

L'abbé regarda la sœur s'éloigner vers ses consœurs, en dodelinant de la tête.

Heureusement le ciel était clair et la mer restait calme.

Très vite, des tabourets furent installés sur le pont, ainsi qu'un établi couvert de rasoirs, de cisailles, de brosses et de peignes, mais aussi des seaux d'eau de mer et des bouteilles remplies de liquide foncé.

Une brune à haut chignon, du groupe des femmes de mauvaise vie, s'avança vers le bosco et lui expliqua qu'elle avait été aide-coiffeuse à Paris, dans un grand salon de la rue de Richelieu et qu'elle se mettait à son service.

– Je sais même faire des coiffures à la pouf[6], tout en hauteur, comme à Versailles.

– Ici, il ne s'agit pas de faire une pièce montée de cheveux, intervint le second, mais de couper de la tignasse et de laver des poils courts avec du vinaigre et du gros sel, enfin de rincer abondamment à l'eau de mer. Ensuite on peigne et si des poux apparaissent entre les dents, il faut raser la tête.

– Je peux faire la coupe et le lavage, répondit-elle, mais je n'ai jamais rasé un crâne.

– Le coq se chargera de la tonte alors. Il sait le faire sur les moutons à rôtir et aussi sur les marins qui ne se lavent pas.

---

[6] Pouf : coussin fixé sur la tête auquel on attachait les cheveux pour donner de la hauteur

Les prostituées attendaient groupées, de voir comment l'opération allait s'organiser. Le capitaine intervint de sa passerelle :

– Matelots, on n'est pas au spectacle. Chacun reste à son poste ! Le premier que je vois ne rien faire, pour reluquer les dames, sera chargé ce soir, de ramasser les cheveux coupés pleins de poux et de les mettre en sac, pour les jeter par-dessus bord.

On eut dit une volée de moineau à l'approche d'une buse.

– Et comment se prénomme notre coiffeuse du jour, demanda le bosco ?

– Marie-France, répondit-elle, ou La Marie tout court.

– Donc, Mesdames, dit le bosco, vous venez à tour de rôle sur le tabouret près de l'établi. La Marie vous coupe court les cheveux, on ne pleurniche pas ; un coup de balai pour ne pas glisser. Ensuite, vous vous asseyez sur le second tabouret, vous mettez sur vos épaules la belle toile cirée jaune que voici, pour recevoir une première douche à l'eau de mer. Puis, La Marie vous lave la tête avec du vinaigre et vous frictionne avec du gros sel ; ça râpe un peu. Rinçage abondant à l'eau de mer. On ne lésine pas, un matelot sera chargé du réapprovisionnement à volonté. Enfin, troisième tabouret, vous allez vous asseoir à côté du petit mousse nommé Renifle, parce qu'il est toujours enrhumé ; il vous peignera avec soin et s'il trouve des poux entre les dents du râteau, il faudra vous raser la tête.

– Je propose qu'on commence par moi, dit La Marie, pour donner l'exemple ; à vous l'honneur bosco, et elle lui tendit une paire de ciseaux en dénouant son chignon.

– D'habitude, quand je dénoue mes cheveux, les hommes ne me les coupent pas !

Le bosco rougit un peu sous les rires des filles, prit les ciseaux avec sérieux, mais voyant les passagers ricaner, coupa une première mèche épaisse et déclara :

– Messieurs, ces dames ont eu le courage de faire connaître leurs désagréments de chevelure, mais il m'étonnerait que nul d'entre vous, bien qu'ayant le poil plus court, ne soit concerné par cette épidémie de poux.

– Ma tonsure me met hors-jeu, plaisanta l'abbé.

Jean-Baptiste triturait les cheveux bouclés de Sylvain, mais ne voyait pas de trace de lentes. Pour sa part, ses cheveux blonds, coupés très ras, l'assuraient d'échapper à l'insolite séance.

Sylvain cherchait Colette pour savoir si elle appréhendait la coupe en public ; elle croisa son regard et fit une moue en haussant les épaules. Ils échangèrent un petit sourire triste, mais rassurant.

Le bosco terminait une coupe à la Jeanne d'Arc sur Marie-France. Tout le monde attendait la douche. Le bosco s'efforça d'être doux, mais un seau d'eau reste un seau d'eau, et de toute évidence la mer était fraîche. La Marie avait hurlé si fort que plusieurs membres d'équipage avaient surgi pour prêter main forte, et finalement éclater de rire.

– La Marie fait son spectacle, expliqua le bosco.

– Elle est gelée ta flotte, viédase[7], et ça pique, chiotte, brama La Marie.

– Allez, fais pas ta boucaneuse[8], s'esclaffa le bosco, tu te vengeras après sur tes comparses, tout en saisissant une brosse pour lui frictionner la tête. Puis ce fut le rinçage avec le même seau d'eau, qu'il manipula toutefois avec moins de brutalité.

---

[7] Viédase : idiot (injure)
[8] Boucaneuse : fumeuse de hareng au Québec

Une pile de torchons avait été apportée par le mousse, qui lui en tendit un, pour qu'elle se sèche un peu. A peine remise de ses émotions, elle s'assit sur le dernier tabouret, offrant son crâne hirsute aux soins du petit mousse.

À chaque coup de peigne, il en regardait les dents en levant l'outil face au soleil, pour vérifier l'absence de parasite.

Tous les spectateurs étaient silencieux, dans la crainte de la phrase qui fait basculer une comédie en tragédie.

Alors Renifle fit un grand sourire et déclara :

– Madame Marie-France, vous n'avez plus de poux !

La Marie lui donna un baiser langoureux qui allait bercer nombre de ses nuits.

– Vous avez toutes vu ce qu'il faut faire ? Donc dès que La Marie est prête, c'est elle qui prend les rênes pour l'épouillage des passagers de la Clepsydre. Nulle ne sera dispensée de cette corvée sanitaire, ni les jeunettes, ni les sœurettes.

Et l'opération commença plus en douceur pour les rinçages, souvent avec des rires.

Une seule de ces dames posa un problème au petit mousse. Il avait beau peigner et repeigner, il trouvait toujours des traces de lentes.

Le coq s'était déjà emparé d'un rasoir sur l'établi et le frottait contre une lanière de cuir tendue, afin de s'assurer que le fil fût bien coupant. Le bruit aigu du glissement du rasoir sur le cuir était inquiétant.

– On va refaire une friction au vinaigre et au gros sel, décida La Marie, elle a de si beaux cheveux roux. Allez, dernière chance.

Craignant d'être rasée, l'intéressée entreprit de frotter sa tête avec une brosse à laver le pont ; sa tête était devenue rouge d'irritation.

– Arrêtez, cria le bosco ; vous allez vous écorcher, et si ça saigne, ce sera encore pire. On rince et Renifle revérifie.

Tous restaient aux aguets, comme si l'avenir sanitaire du vaisseau dépendait du prochain coup de peigne.

Renifle passa le peigne et le mira ; une seconde fois il regarda avec attention ; il passa le peigne une troisième fois, le posa et tendit ses bras tout sourire pour que la rousse vienne l'embrasser.

La Rousse souleva le mousse comme s'il s'agissait d'un bébé et le couvrit de baisers.

– C'est qu'il y prend goût le chiard, commenta le bosco. Je veux voir comment il s'y prendra avec les bonnes sœurs ! Allez, maintenant au tour des donzelles et des nonnettes.

Les coupes de cheveux et les shampoings rustiques se poursuivirent sans difficultés.

La surprise vint néanmoins des Ursulines qui, ôtant leur voile, révélèrent leurs têtes entièrement chauves.

– On s'est rasé les cheveux avant de partir, déclara sœur Béatrice. Mais ça n'empêche pas qu'on se gratte nous aussi.

– Mais alors, où est ce que ça vous gratte, demanda La Marie ?

– Moi, sous les bras et aussi à l'aine.

– Je crois qu'on peut éliminer les suites de relations sexuelles, dit La Marie, hilare. Je remarque qu'il s'agit de parties du corps où il y a des poils ; ce pourrait bien être la teigne. Le gros sel est là, il faudra vous frotter avec. Ensuite vous irez voir Jasmine à l'abri des regards pour qu'elle vous y mette du henné.

– C'est à dire, bredouilla une sœur ?

– Le henné agit sur les poils en les colorant en marron ou rouge sombre, mais c'est bon contre les parasites et les microbes. Pour la peau elle-même, elle vous fera des tatouages ; c'est joli.

Jasmine s'approcha, arborant un grand sourire qui montrait quelques dents en or. Ses tatouages aux bras et aux chevilles furent l'objet de tous les regards.

– Je vous ferai les mêmes dessins sur le pubis, déclara Jasmine ; ça devrait plaire à celui avec qui vous êtes mariées.

– On se calme, intervint le second ; on aide, on soigne, mais on ne se moque pas des choix de vie des autres ; personne n'en sortirait gagnant. Allez, la fête est finie, chacun retourne à ses occupations.

Des marins commencèrent à nettoyer le pont et à en dégager l'accès.

Sylvain sentit une petite main toucher sa nuque :

– Il faudrait peut-être couper quelques bouclettes !

Colette le regardait fixement, attendant sa réaction à la vue de sa nouvelle coiffure.

– Je préférais tes cheveux en chignon, mais ça te va aussi cette coupe ; on ne voyait pas tes oreilles, qui sont si fines.

L'esquisse d'un sourire apparut sur le visage de Colette qui l'embrassa sur la joue, pour le remercier.

– On n'arrivera pas à la Nouvelle Orléans avant fin août, ça va repousser, se consola Colette.

Le capitaine regardait avec soulagement la fin de cet incident qui aurait pu se traduire par la présence du typhus sur la Clepsydre.

Encore un épisode à rapporter sur le livre de bord, se dit-il et voyant Jean-Baptiste en contrebas :

– Sous-officier Portail, nous avons du travail d'écriture, il me semble.

– Capitaine, capitaine, il y a un mort ; c'est le gabier Cornec.

Tout le monde se rua à la proue, indiquée par le doigt du marin, ému par la vue du mort.

Le gabier s'était traîné sur quelques mètres, comme en témoignaient les traces de sang sur le pont. Le bosco inspecta le corps et constata qu'un trou, dans le cou, laissait perler encore du sang, ce qui éliminait toute hypothèse de suicide.

L'équipage maugréait, certain pourtant, que Cornec était mort des suites de la punition au fouet.

Chapitre 3. Cinquante jours plus tard : l'approche de la Nouvelle France

– Ton fils et Colette ne se quittent plus, remarqua l'abbé Chataud.

– J'appréhende un peu l'issue du voyage, répondit Jean-Baptiste. Elle a accepté de venir ici pour épouser un colon de Louisiane et les Ursulines vont organiser, à cette fin, des rencontres ou des bals chez le gouverneur. Je crains la réaction de Sylvain, qui ne doit penser qu'à ça.

– Si elle ne trouve pas chaussure à son pied, elle perd sa dot et doit travailler pour l'œuvre religieuse. Si elle veut m'accompagner pour évangéliser les sauvages, pourquoi pas.

– Bien sûr, et Sylvain aussi sans doute ! Tu me concoctes un mauvais tour l'abbé ? Sylvain va m'aider dans mon commerce de cuirs et peaux, c'est convenu avec lui.

– Et tu vas les trouver où ces indiens, à qui tu veux acheter tes peaux ? Ils t'attendent dans les rues de la Nouvelle Orléans ? Ou alors il faut remonter le Mississippi et entrer en pourparlers dans leurs villages ?

– Ah ! Tu penses qu'on pourrait faire route ensemble et que ton rôle de missionnaire pourrait faciliter mes futurs contacts ?

– S'ils ne veulent pas fumer le calumet avec moi, pourquoi achèteraient-ils tes babioles, du tabac ou des casseroles ?

– Beau-frère tu m'étonneras toujours. Mais pour l'instant ne parlons de rien de tout cela à Sylvain. Nous verrons comment notre installation sur place va s'organiser.

– Chers passagers et matelots de la Clepsydre, annonça le capitaine avec solennité, nous allons traverser la ligne du tropique du cancer. Ouvrez bien les yeux, un cadeau est prévu pour le premier qui verra la ligne.

Les matelots complices semblaient chercher en regardant l'horizon de tous côtés.

– Ils nous prennent pour des benêts, dit Sylvain ; tout le monde sait que c'est une ligne imaginaire, parallèle à l'équateur.

– Ça n'empêche pas de jouer le jeu, dit Colette. Il doit y avoir un piège à la clé, qu'il faut éviter bien sûr.

Après quelques recherches dans le ciel, Jasmine et la Rousse s'approchèrent de la passerelle en criant :

– Nous l'avons vue dans le ciel, capitaine, nous vous le jurons. Une ligne très fine, bien droite. Alors c'est quoi le cadeau ?

– Vous avez droit au baptême du Père Tropique, c'est un grand honneur, répondit le capitaine. Regardez là-haut, à la hune.

Un gros matelot, arborant une couronne dorée et un trident, les salua et versa sur elles des poignées de gros sel, en les bénissant dans une langue inconnue.

– Ce n'est pas de très bon goût, cette farce, grogna sœur Béatrice.

– C'est une fête païenne, dit l'abbé Chataud, n'allez pas y voir un sacrilège. C'est le seul jour de fête sur ce navire, en cinquante jours ; vous préférez les séances d'épouillage ?

– Une parodie de baptême ? Vraiment rien ne vous choque, l'abbé ?

– Accompagnez-moi pour évangéliser les sauvages, ma sœur, vous verrez que l'eau sale des bayous, on s'en contente pour baptiser au nom du Christ, et même si le bougre n'a pas bien compris de quoi il s'agit.

Les deux prostituées naïves se prêtaient au jeu. Chacune fut affublée d'un chapeau en papier doré et d'une cape de toile cirée qui rappelait celle déjà utilisée, pour laver et rincer les cheveux.

On leur banda les yeux et elles devaient faire trois fois le tour du mât de misaine, en évitant des bancs et des tabourets déposés sur leur chemin.

Quand elles y parvinrent en trébuchant plusieurs fois, mais sans tomber, elles furent applaudies et eurent le droit de retirer leurs bandeaux, au moment précis où le Père Tropique cria :

– Soyez bénies et purifiées !

Et les marins, postés tout autour d'elles, déversèrent leurs seaux d'eau de mer en hurlant. La simultanéité des jets fit que les deux baptisées ne tombèrent pas, mais restèrent assommées debout. Elles étaient sidérées, bloquées, humiliées aussi, mais sans colère, ni rage : abattues.

Le second et le bosco vinrent les secourir avec des serviettes et les asseoir sur les tabourets. Les rires et les applaudissements des spectateurs les calmèrent et le capitaine reprit la parole sur la passerelle :

– Retenez cette petite leçon, mesdames, on ne ment pas au capitaine. La ligne des tropiques est imaginaire. Maintenant séchez-vous et reposez-vous. Mais vous avez néanmoins gagné le cadeau : ce soir, dîner à la table du capitaine.

– Ça va égayer les dîners du capitaine, dit Sylvain ; j'en ai soupé de ses histoires de commerce pour les négriers bordelais.

– Moi je ne l'écoute plus, dit Colette, mais quel plaisir de pouvoir y manger du chou et des carottes. La bouillie habituelle est terrible. Toutes les filles sont constipées et ne boivent pas assez, parce que l'eau est croupie et malodorante. Au moins chez le capitaine, je bois du cidre, ça aide.

Et puis il a un petit cabinet de toilette avec un réservoir d'eau ; j'en profite pour me laver entre les jambes et je n'ai pas d'irritations, comme les autres filles.

– C'est vrai que, côté hygiène, ce voyage montre à quel point le métier de marin est abominable, tout en étant fatiguant et dangereux. Mais aucun effort n'est fait pour les passagers de ces bateaux de commerce.

– Terre en vue, cria soudain la vigie.

Tels des enfants à qui on aurait crié "bonbons", les passagers se ruèrent sur le bastingage, pour voir un port ou une ville prête à les accueillir. Ils ne virent qu'une côte très plate, couverte de forêts jusqu'au bord de la mer, mais aucune trace de construction humaine.

– Je m'attendais à un grand port, noir de monde pour nous accueillir, dit Sylvain ; ce doit être plus loin.

– J'ai regardé les cartes du capitaine, lui dit son père. Il faut contourner cet isthme très sauvage et entrer dans une baie qui est la vaste embouchure du Mississippi. Mais notre navire a trop de tirant pour remonter le fleuve jusqu'à la Nouvelle Orléans et va nous laisser en un point, appelé la Balise. Il y a juste un fortin occupé par des soldats français et des petits bateaux à fond plats qui nous permettront de remonter le fleuve.

– On pourra tous monter dans leurs barcasses, demanda l'abbé ?

– Il faudra se répartir sur plusieurs, mais on va tous au même débarcadère.

En entrant dans le delta du Mississippi, les passagers découvrirent que l'eau bleu-vert de l'océan était soudainement attaquée par une masse d'eau douce, marron clair, qui dessinait un triangle et étalait des alluvions et des boues charriées par le fleuve.

Le flux d'eau douce avait ralenti le senau, qui aborda un long quai empierré, dans l'ombre du fortin de la Balise.

Plusieurs barques, constituées de deux longues pirogues attachées latéralement, flottaient calmement en amont.

– Aux Indes, dit le bosco, ça s'appelle un prao[9] ; mais ici pas de voile et pas de vent, il faut remonter le fleuve à la pagaie. Heureusement, le courant est très lent.

---

[9] Prao : pirogue à balancier

– Regardez les indiens qui nous attendent sur les pirogues, dit Sylvain, ils sont tout nus ?

– Non, ils portent des pagnes qui cachent leurs sexes, répondit l'abbé.

– Et ça tient avec une petite ficelle qui leur rentre dans le cul, commenta Jasmine.

– On devrait s'en inspirer, dit La Marie ; ce serait assez coquin, vu de dos !

D'aucuns s'esclaffèrent grassement et sœur Béatrice agita son ombrelle, comme pour chasser les mauvaises idées.

– Nous allons nous quitter ici, déclara le capitaine. J'espère que vous garderez un bon souvenir de cette traversée, réalisée dans les délais prévus et sans encombre.

Vous descendez sur le quai et vous allez vous répartir dans les pirogues que le bosco va vous indiquer. Vos malles seront débarquées dans un deuxième temps.

Bon séjour à tous en Louisiane.

– Vos rameurs sont des indiens Chacta ; ils parlent peu, mais comprennent le français, précisa le bosco. Vous montez à seize, dans chaque barque ; ils vont vous aider à y poser pied, sans tomber.

Certains sauts dans la barque furent périlleux, mais les rameurs avaient une poigne solide et du muscle. Jasmine s'illustra en trébuchant sur le rebord de la barque et s'effondra de tout son long, la tête dans le fleuve, retenue de justesse par un indien qui commenta avec sérieux :

– Baptême Mississippi, très bon.

– Je vois que je ne suis pas le premier missionnaire à passer par ici, s'amusa l'abbé Chataud.

Jasmine regardait avec intérêt les tatouages de l'amérindien, lesquels couvraient ses bras et ses mollets, de points, de ronds et de courbes de couleur noire, sur sa peau brune.

– Ça te donne des idées, demanda La Marie ?

– Les volutes sont bien jolies en effet. Ils n'utilisent que la teinte noire à cause de leur couleur de peau ; ils doivent pourtant connaître le henné rouge. Ils s'en mettent peut-être ailleurs, mais je ne le vois pas !

Le rameur se retourna souriant, montrant une rangée de dents recouvertes d'or. Jasmine se demanda si elle était choquée par la mâchoire d'orpailleur ou par la certitude que l'indien Chacta avait compris son propos déplacé.

 Les rameurs pagayaient déjà activement pour remonter le fleuve, bien en rythme. Une envie de chantonner venait à l'esprit de l'abbé, mais l'éloignement de la Balise laissait place aux bruits de la forêt vierge.

Des cris d'oiseaux inconnus, le hurlement de singes qui faisaient penser au feulement des lions, des craquements inquiétants dans les fourrés des berges, l'écrasement de fruits mûrs malodorants tombant dans l'eau près des pirogues : bruits si impressionnants qu'un silence respectueux régna dans les embarcations. Les indiens plongeaient leurs pelles en cadence, sans effort apparent.

Des cyprès chauves, ornés de filaments aériens qui faisaient penser à de vieilles toiles d'araignées, bordaient le fleuve en y plongeant leurs longues racines.

Parfois le fleuve perdait soudainement de sa largeur, à cause de troncs d'arbres morts à la dérive, et d'infernaux moustiques minuscules, les maringouins, les attaquaient et mordaient les bras nus, plus qu'ils les piquaient. Ils apprirent plus tard que ces insectes silencieux étaient souvent porteurs de maladies mortelles.

Enfin des bruits plus habituels les rassurèrent : de la musique, des voix, le roulement de roues de lourds chariots. La civilisation était proche.

Ils croisèrent bientôt, dans l'autre sens, des pirogues de commerçants indiens, des convois de radeaux et de barges à fond plat, chargés de tissus et de sacs de café.

Les berges du fleuve dévoilaient de nombreuses entrées vers des marais, où une activité humaine importante semblait s'organiser de façon discrète.

– Je reconnais là des conditions favorables à un commerce de contrebande, commenta Jean-Baptiste.

– Bien vu, l'ami, réagit Ciccone. Il doit y avoir des taxes sur le tabac ! Petite affaire à étudier…

– J'ai vu aussi des tonneaux sur des barges, dit Jean-Baptiste, peut-être du trafic de rhum avec les Antilles.

– Pourtant ces bayous sont peu sympathiques, précisa l'abbé Chataud. On y croise des alligators de grande taille qui ne dorment que d'un œil ; ils coursent les ragondins qui sont aussi chassés par les indiens pour la peau ou pour en faire du pâté.

Le bruit d'une ville se fit plus précis et un quai gris foncé apparut, sur lequel déambulaient des citoyens de toutes origines et de tous statuts sociaux. C'était l'image même d'une cité multiculturelle, mêlant des colons plus ou moins riches, des indiens nombreux et des esclaves noirs.

– Quelle langue va-t-on parler avec ces gens, demanda Sylvain ?

– La tienne, répondit l'abbé ; tu en connais une autre ? Après tu apprendras un peu les leurs, car chaque peuple a la sienne, en fonction des origines.

– J'ai appris qu'un mélange de langues indiennes, avec un peu de français populaire et de créole des esclaves noirs, est utilisé par les coureurs des bois, déclara Jean-Baptiste : on l'appelle le mobilien. Il faut que je l'apprenne, c'est indispensable pour monter mon commerce de peaux.

Les pirogues accostèrent des pontons de bois branlants, à partir desquels des échelles de meunier permettaient d'atteindre le quai, très animé.

Un groupe de sœurs ursulines chantait pour accueillir leurs consœurs. A peine descendues, les filles à la cassette furent encadrées par des sœurs, presque aussi nombreuses, et se répartirent dans de longues calèches. Colette n'eut que le temps de faire un geste discret à Sylvain, plutôt désappointé par cet adieu furtif.

– On doit d'abord tous saluer le gouverneur, pour se faire connaître des autorités, dit Jean-Baptiste, tu la reverras tout à l'heure. Nos bagages seront débarqués dans la cour du palais du gouverneur et après chacun partira pour son lieu de résidence, pour nous l'hostellerie de France.

– J'irai bien y prendre une douche, dit l'abbé ; en attendant, prenons aussi une calèche.

Ce fut leur premier contact avec cette Nouvelle Orléans, aux maisons de bois colorées, de plain-pied ou à un seul étage, dotées de balcons à colonnettes sculptées.

Des esclaves noirs déambulaient portant de lourds sacs ou des balles de tissus, tandis que des indiens vendaient à la sauvette des poissons pêchés dans le fleuve, des petites galettes de maïs et des beignets sucrés.

L'étonnement fut grand de découvrir soudain le palais du gouverneur, une sorte de Versailles en modèle réduit, dont les colonnes de stuc fissurées rappelaient une royauté lointaine, ruinée et décadente.

Un serviteur noir accueillait les arrivants sur un perron de trois marches et les conduisaient au salon du premier étage, tout en bois doré, aux murs couverts de tableaux illustrant la vie à Paris.

– Vous êtes les bienvenus en Nouvelle France, déclara avec force le gouverneur, quelles que soient vos motivations ou obligations. Sachez que j'y fais respecter la loi française et l'ordre nécessaire à une vie communautaire agréable. Je n'accepterai pas que tout nouveau venu se croit autorisé à perturber le bon fonctionnement commercial de la ville, et encore moins la liberté de pratiques religieuses, si elles sont catholiques, et d'expression culturelle, dans les limites des bonnes mœurs. En cas de difficultés nécessitant le concours de mon autorité, ma porte vous est ouverte. Une petite collation vous est proposée à présent.

L'homme rayonnait sous sa barbe noire et ses moustaches effilées en pointe ; des yeux rieurs et une ride marquée au coin droit de la bouche, trace d'un rictus de plaisir et de certitude de supériorité.

Des serviteurs noirs offrirent des verres d'un breuvage assez sombre et des jus de fruits orangers. L'abbé Chataud prit deux verres de jus de fruits et Jean-Baptiste, en connaisseur, prit un verre de rhum.

– C'est jour de fête, dit ce dernier, je vais vous arranger vos orangeades. Et il versa un peu de rhum dans chaque verre.

– Je vois que monsieur connaît le punch, intervint le gouverneur souriant ; les Antilles sont proches et constituent un excellent débouché commercial. On a bien volontiers adopté cette boisson, icitte[10].

---

[10] Icitte : ici en patois charentais

– Moi, je vois que vous avez des origines des Charentes, répondit l'abbé. Nous sommes loin de cheu nous, mais restons entre pays.

– Il y a des expressions qu'on n'oublie pas. Effectivement, convint le gouverneur, j'ai passé mon enfance à Angoulême. Quels sont vos projets en venant à la Nouvelle Orléans ?

– Pour ma part, ma soutane parle pour moi ; je compte poursuivre mon activité pastorale en remontant le Mississippi pour évangéliser des tribus, ignorant notre religion. Nos premiers contacts avec les Chactas sont plutôt agréables.

– Il vous faudra apprendre quelles tribus sont du côté des Français, comme les Chactas, et lesquelles sont du côté des Anglais. C'est la clef de votre survie en remontant la Louisiane. Et peut-être vous faudra-t-il apprendre à composer avec les Jésuites, incontournables le long du Mississippi et de ses affluents.

– En ce qui me concerne, dit Jean-Baptiste, je quitte une fonction peu appréciée en France de la part de la population : j'étais employé par la Ferme générale, notamment pour recouvrer la gabelle. Ici, pas de sel, je suis tranquille. Je vais me reconvertir dans le commerce des cuirs et peaux, grâce à un petit pécule que j'ai eu la sage idée de conserver, sans écouter les bons conseils de John Law.

– Riche idée en effet, commenta le gouverneur. John Law a ruiné la compagnie des Indes qui devait développer l'activité commerciale de la Louisiane. La France n'y croit plus et personne ne veut plus investir dans nos activités. Je vous souhaite bonne installation dans votre commerce, mais soyez discret pour ce qui concerne vos économies. Et ce beau jeune homme, que veut-il faire par cheu nous ?

– J'ai suivi mon père et mon oncle dans leur aventure, parce que rien ne me retenait plus à La Rochelle. Je suis donc ouvert à toute activité que m'offrira ma destinée. Je voulais aussi vous demander, ayant sympathisé avec une des jeunes filles à la cassette, comment cela va se passer pour elle.

– Ah ! Jeune et fougueux ; tout mon portrait quand j'étais jeune. Eh bien, ces jeunettes vont être amenées à rencontrer des colons en recherche d'épouse.

Pour ma part j'organise des bals, ouverts à tout Français, le samedi soir, afin que ces jeunes filles y trouvent un conjoint qui leur plaise. Vous pouvez donc vous mettre sur les rangs.

– Et pour les autres femmes, demanda l'abbé, ça va se passer comment pour rester dans les limites des bonnes mœurs, dont vous parliez ?

– L'important est la discrétion ; les hommes ont des besoins et il m'importe avant tout que les habitantes de la Nouvelle Orléans vivent en tranquillité ; et par bonheur nos prisons sont assez vides. Mais je ne sais pas, si je dois autoriser les femmes dont vous parlez, à participer à mes bals et fêtes.

– Elles aussi peuvent rechercher un mari ; ne craignez-vous pas qu'elles protestent ?

– Qu'avez-vous dit ? Ce sont des protestantes ? Point de ça icitte !

– Non, je parle des prostituées…

– Ah, je préfère. Restons entre citoyens honorables et catholiques. Mais tout homme ou femme d'origine européenne peut venir à mes fêtes. Vous êtes tous les bienvenus.

Sylvain était bien heureux de cette invitation. Le père et l'oncle remercièrent le gouverneur et purent enfin siroter leur punch en regardant par les fenêtres du salon, dominant la petite ville.

– C'est la partie de la ville qu'on appelle le vieux carré, leur dit un majordome en leur présentant un plateau d'accras et de beignets. L'architecture a été conçue par des ingénieurs militaires, et toutes les rues sont parallèles ou perpendiculaires. Les maisons y sont toutes conçues sur le même modèle : un vaste rez-de-chaussée sur une butte de terre, une construction en bois avec un toit en écorce, une petite cour intérieure et un jardin, souvent un potager.

Elles sont implantées en retrait de la rue, d'environ quinze pieds, avec en fronton des arbres fruitiers et de petits massifs de fleurs.

Les rues ont une largeur suffisante pour que des calèches ou de gros chariots puissent se croiser sans difficulté ; aussi la plupart des maisons ont une porte cochère.

Seules les maisons de maître très riches ont un étage, une écurie et des dépendances pour loger leurs serviteurs noirs.

– Jamais pour des indiens, demanda Sylvain ?

– Les indiens sont libres ; ils veulent bien monnayer leurs services, commercer avec les colons, mais ne logent pas chez un maître. Moi, je suis un métis, ma mère était indienne Natchez et a connu un marin anglais qui est mort, quand j'étais enfant. J'ai été recueilli par la famille du gouverneur, qui m'a éduqué.

– Vous parlez remarquablement français, dit l'abbé admiratif.

– J'ai aussi appris le latin répondit-il, et je comprends tout à la messe.

– Ah bigre, s'étonna Jean-Baptiste, et avec ce bagage, vous servez des petits fours ?

– C'est le sort des bâtards dans les colonies. Tu n'appartiens à aucune communauté et personne ne te fait assez confiance pour entreprendre un négoce.

– J'ai été surpris tout à l'heure de la vive réaction du gouverneur concernant les protestants dit Jean-Baptiste ; on n'est plus sous Louis XIV.

– Les Huguenots n'ont pas le droit de s'installer en Louisiane, Louis XV n'a pas modifié cet interdit. Ici nous craignons trop les affinités possibles avec les Anglais, par la pratique d'une même religion. C'est dommage, car de nombreux Français protestants montent leur commerce dans les colonies anglaises, au lieu de le faire à la Nouvelle Orléans.

Un mouvement soudain agita les invités du salon ; les Ursulines prenaient congé du gouverneur. Sylvain s'en approcha pour faire un signe à Colette, laquelle ne put rien faire d'autre que lui chuchoter de venir dimanche matin à l'église.

Triste rendez-vous se dit-il, mais au moins, c'en était un.

Chapitre 4. L'installation des nouveaux arrivants

– Eh bien, son excellence est-elle intéressée par nos nouveaux arrivants ?

– Mère abbesse, il va falloir qu'on revoie certains points de nos accords, répondit le gouverneur en lissant sa moustache grise.

La mère abbesse transpirait dans sa chasuble noire et sa cornette blanche faisait resplendir le teint rougeaud de ses bajoues grasses et tombantes.

– Un accord est un accord, réfuta-t-elle. On ne change pas de règle, quand ça vous arrange.

– C'est vous qui me parlez de règles, alors que vous ne respectez pas celles qui régissent le fonctionnement de votre communauté. Voulez-vous qu'on parle de votre méthode qui consiste à pousser les jeunes filles à ne pas épouser dans les trois mois impartis, de façon à garder pour vous, les dots de ces donzelles ?

– Préférez-vous qu'on parle des taxes que vous prenez sur le tabac et le rhum, mais qui ne repartent jamais dans les caisses de notre bon roi ?

– Le roi Louis XV nous a abandonné. Voici cinq ans, que la France n'a pas fait accoster ici le moindre navire, ne serait-ce que pour payer la solde de nos soldats ou livrer des armes. J'en suis réduit à acheter de la poudre aux espagnols en les assurant que ce sera pour combattre les Anglais. Restons calme, ma mère, il nous faut apprendre à conserver notre autonomie en organisant nous-mêmes la vie de la Louisiane.

Le gouverneur proposa un petit verre de vieux rhum des Antilles, dont on lui avait affirmé trente années de vieillissement dans des fûts de vin de Bordeaux. Son visage transpirait la jouissance, en plus de la sueur, sa langue rose léchant avec délice les bords d'un verre cristallin.

— J'ai de quoi m'occuper avec mon nouveau contingent d'oies blanches, soi-disant, qui veulent s'offrir un mari parmi nos abrutis de colons sans un sou, reprit la mère abbesse.

— Quarante nouvelles prostituées viennent aussi de débarquer ; un bien bel arrivage d'ailleurs. J'ai appris depuis, par le capitaine de la Clepsydre, qu'il y avait parmi elles des talents cachés.

– J'imagine lesquels, vieux brigand.

– Non point, je ne veux pas vous concurrencer dans le rôle de mère maquerelle, que vous tenez fort bien. Je m'intéresse plus à l'une d'entre elles, qui a fait état d'un talent de coiffeuse en épouillant les filles, et une autre ayant un savoir-faire de tatoueuse, ce qui a permis de soigner vos sœurs de France qui avaient la teigne, là où je n'oserais pas mettre le bout des doigts.

– Je l'ignorais, elles ne m'en ont pas parlé. Mais où voulez-vous en venir ?

– La gouverneur, mon épouse, me parle souvent d'un manque de salon de beauté, comme cela se fait à Paris, où les dames de bonne compagnie peuvent bénéficier de soins pour leur toilette, et qui sert aussi de salon de thé et de conversation, sans leurs époux.

Ces nouvelles arrivantes, si elles étaient un peu éduquées, pourraient y exercer leurs talents et y trouver leur intérêt.

– En somme, c'est un nouveau commerce, très chic, qui aurait besoin de mon savoir-faire en termes d'éducation.

Effectivement, Marquis, il faut adapter nos accords financiers à cette nouveauté.

– Feue la compagnie des Indes disposait d'une belle maison inoccupée, rue des bayous jaunes, que je peux faire aménager à peu de frais. A vous de convaincre et préparer ces deux femmes et si d'autres s'y connaissent en maquillage, sans tomber dans le fardage ou le mauvais genre, ce pourrait être un plus. Quand nous serons prêts, une visite organisée, par le truchement de mon épouse, fera vite connaître notre établissement.

– Vous n'oubliez qu'un détail, cher Marquis, le partage des bénéfices. Or vous ne faites qu'apporter un logement et la réputation, alors que j'apporte la force de travail et les compétences. Sans mes filles, il n'y a pas de salon de beauté.

– Sans mon idée et mon apport, aucun projet ne se réalise.

J'apporte le capital, vous apportez les ouvrières. Le partage

me semble simple : 75 pour moi, 25 pour vous.

– Je ne marche pas à moins de 30. Encore faut-il que les

filles jouent le jeu !

– C'est d'accord 70-30.

– Je crois que je me suis fait avoir encore une fois.

Et parmi vos arrivants mâles, avez-vous détecté quelques

personnages intéressants, pour notre communauté ?

– J'ai noté un homme éduqué voulant monter un commerce

de peaux ; il va devoir apprendre à travailler avec les

Indiens. Et aussi son fils, jeune étudiant robuste qui n'a

jamais travaillé. J'ai besoin d'un officier pour encadrer les

troupes de la garnison de la Nouvelle Orléans ; il pourrait

bien faire l'affaire.

Les autres arrivants me semblent plus des coquins aptes à la contrebande. Sauf un prêtre charentais, j'allais l'oublier. Vos Ursulines se sont appuyées sur lui, lors de la traversée, pour divers soucis. Il veut évangéliser les indiens, grand bien lui fasse. Vous pourrez peut-être l'aider à rencontrer les Jésuites ou les Capucins ; après ce sera à lui de choisir entre les deux.

– J'espère que ce n'est pas un de ces frénétiques qui veulent que le monde marche au rythme des pages de l'évangile, et qu'il ne sera pas un obstacle pour nos affaires.

– Il suffira de dire aux Jésuites qu'il critique leurs résultats de mission et ils se chargeront de le mettre au pas. Ah ! J'ai noté aussi que le petit jeune, que j'enrôlerais bien dans ma garde, s'est amouraché d'une de vos filles à la cassette.

– Excellent. Une dot gagnée facilement ! D'autant que je vais lui demander en plus de la racheter, pour que la fille soit disponible.

– J'aime toujours autant nos rencontres, mère abbesse. Entre entrepreneurs, on trouve toujours un terrain d'entente.

– Disons simplement qu'entre canailles, on se comprend ; mais tout cela dans le plus grand respect de notre seigneur Jésus Christ.

– Si vous le dites, ça me rassure. Donc pour notre nouvelle affaire, la messe est dite. Je laisserai ma femme chercher le nom de cet établissement ; elle en parlera à ses amies avec d'autant plus de motivation.

– Je vous laisse, cher Marquis et vais jauger un peu les filles aptes à nous rendre service.

– Une dernière chose avant de prendre congé. Le capitaine de la Clepsydre, qui était venu pour me signaler la mort d'un matelot, dans des circonstances non éclaircies, m'a signalé aussi le comportement très raide d'une de vos nouvelles Ursulines, sœur Béatrice, assez prompte à faire respecter la morale et une vie chrétienne exemplaire. Elle a fait punir au fouet un gabier qui aimait pincer les fesses. Méfiez-vous d'elle.

– Si elle aime le strict respect de la règle, nous allons commencer par des journées de pénitence et d'isolement, afin qu'elle oublie le temps passé à voir des torses nus de marins en chaleur.

– Amen, chantonna le gouverneur en raccompagnant la mère abbesse.

La journée s'annonçait belle. Les magnolias étalaient leurs taches de fleurs rouges et blanches, sous les cyprès recouverts de mousse espagnole.

Pendant ce temps, la famille Portail admirait une belle demeure coloniale typique, avec un étage nécessitant certes, quelques travaux d'aménagement intérieur, mais tout à fait habitable en l'état. Le notaire de la Nouvelle Orléans, maître Gribon, leur avait conseillé de voir, avant d'acheter. Quatre chambres meublées, un salon avec une table pour dix convives et un vaisselier bien rempli. La cour intérieure donnait sur une dépendance de grande taille, adaptable aux activités commerciales de Jean-Baptiste. Une acquisition d'un coût très raisonnable, beaucoup de colons, ayant abandonné leur activité après la banqueroute de John Law, avaient laissé leur bien à vendre, au seul notaire de la ville.

Sylvain avait admiré la salle d'eau équipée d'une baignoire, un confort supérieur au cabinet de toilette de l'hôtel.

Jean-Baptiste avait apprécié la vaste pièce servant de cuisine, avec son four à bois et les nombreux ustensiles culinaires, pendus aux murs.

L'abbé Chataud regardait avec ravissement le bassin d'eau au centre de la cour, que des iris sauvages avaient envahi depuis plusieurs saisons.

– Il faudra quelques journées pour remettre cette maison en état, dit Jean-Baptiste, mais cela me paraît un bon choix de départ.

Ils se sentaient déjà un peu chez eux.

– Cet arbre-là est un pacanier[11], dit Sylvain ; celui qui abrite les aigrettes blanches. On peut faire griller ses

---

[11] Pacanier : arbre d'Amérique dont le fruit est la noix de pécan

petites noix, c'est excellent, m'a dit le majordome du gouverneur.

– L'homme est intéressant, remarqua l'abbé ; il m'a laissé entendre qu'une autre activité plus lucrative, lui offrant de l'autonomie, serait plus à son goût.

– Il connaît les clans indiens et la vie de la bonne société de la Nouvelle Orléans, confirma Jean-Baptiste ; il pourrait nous être d'une aide précieuse. Mais attention à ne pas nous faire mal voir du gouverneur pour commencer notre installation. Il y a aussi notre voisin de hamac sur la Clepsydre ; je ne sais pas si un contrebandier, que j'aurais bien pu arrêter, ferait un bon associé dans mon affaire. Mais ce Paul Ciccone m'a précisé qu'il cherche un partenariat commercial et va acheter des barges pour naviguer entre Bâton Rouge, la Nouvelle Orléans et la côte face aux petites Antilles. Or il faut que j'exporte via les colonies espagnoles et les Antilles françaises, pour que mes peaux soient vendues en France ou en Espagne. Je m'interroge toutefois sur une collaboration avec un contrebandier.

– En attendant, si on allait au marché du vieux carré, proposa Sylvain ? Je mangerais bien des crevettes et du crabe, afin de voir s'ils ont le même goût qu'en Charente.

– Très bonne idée, s'exclama l'abbé. J'ai aussi une petite faim qui approche, et ce sera l'occasion de nous habituer aux mets locaux, épices mises à part.

Le marché était bruyant, coloré et odorant.

Pour les poissons, un grand choix était proposé sur des étals en bois, recouverts de feuilles de bananier : marlin bleu, thon albacore, requin, clapet arlequin et poisson chat.

Les crustacés abondaient, y compris de belles écrevisses du Mississippi.

La boucherie était variée, mais les mouches et maringouins écrasés dessus à coup d'éventail attiraient peu.

– Ti la lave, dit le commerçant. Si mieux quand si touè qui fait.

Jean-Baptiste regardait une volaille qui ne lui rappelait pas un volatile connu.

– Très bon, pélican brun. A pu la tête, à s'mange pas, ni les palmes. C'est comme poulet, mais a goût poisson.

L'étal suivant était plus impressionnant avec des morceaux d'alligator, des rondins de serpent des bayous, de la chair de ventre de tortue…

– Ça donne envie d'acheter des légumes, déclara l'abbé. D'autant qu'on y reconnaît quelques chalands dans les étals.

Les Ursulines faisaient leurs courses et plusieurs jeunes filles avaient été réquisitionnées pour porter les paniers.

– Colette souhaite-t-elle que je l'aide à porter son grand panier, dont une anse est cassée, demanda Sylvain en s'inclinant ?

Colette éclata de rire et tendit son bras vers Sylvain.

– Ne riez pas, ma fille, intervint sœur Constance. Quand un jeune homme bien éduqué a un tel comportement, on l'en remercie.

– C'est que nous nous connaissons, ma sœur ; Sylvain est un ami que j'ai connu lors de la traversée de l'Atlantique.

– Ah ? Et êtes-vous un jeune homme de bonne famille, demanda la sœur tourière ?

– Sylvain est mon neveu, intervint l'abbé Chataud. Nous nous installons dans une maison de maître, au numéro 7 de la rue de Marigny ; Colette peut nous y rendre visite, nous l'accueillerons bien volontiers.

– Grand merci, mon père, mais les filles ne sortent pas d'elles-mêmes de notre établissement. J'y veille, ayant la garde des entrées et des sorties.

Mais si vous venez la chercher, l'abbé, ce sera avec plaisir qu'on vous fera visiter notre établissement et son école. Nous recherchons d'ailleurs un prêtre qui pourrait enseigner l'histoire et la géographie.

– Mon oncle est un vrai puits de science en histoire, s'empressa de dire Sylvain, pour faire durer l'entretien. Cependant il tenait toujours Colette par la main et les autres filles gloussaient en le voyant faire.

– Viens dimanche à la messe de 11 heures, à Saint Louis, chuchota Colette ; après on a un peu de temps pour se promener sur les remparts de la ville.

Les deux religieux discutaient en tournant le dos aux jeunes. Sylvain s'enhardit et posa un baiser sur la nuque de Colette qui mima celle qui chasse un moustique pour garder contenance. Le sourire de Colette, en retour, fut aussi chaleureux qu'un enlacement de tendresse.

– Bon, les filles, nous avons encore un bout de chemin pour rentrer ; mais si on nous aide à porter nos paniers, nous n'en serons rendus que plus vite.

– Je rentre cuire nos crabes, dit Jean-Baptiste ; bonne promenade.

Et c'est ainsi que l'abbé fit un brin de causette à la sœur tourière pour que son neveu et Colette échangent sur leurs espoirs d'avenir. Sœur Constance les regardait faire sans rien dire, non par complicité, mais par totale indifférence.

– Tiens, mais voilà Jean Bap, notre blondinet préféré !

– Ah ! Vos cheveux ont repoussé la Rousse, vous avez meilleure mine et avez eu le loisir de les laver avec autre chose que du gros sel. Vous êtes resplendissante.

– Et il me vouvoie en plus! Je n'avais pas connu ça depuis trop longtemps. Alors on a fait son petit marché pour la famille.

– Des crustacés ; et avec cette chaleur, je trouve qu'ils commencent à sentir un peu.

– Tu me rappelles un coquin qui disait toujours "Bonjour les filles" quand il passait devant une poissonnerie.

– Bon, je crois qu'on a fait le tour pour aujourd'hui ; je vous laisse, la Rousse. Bonne journée.

– Viens me voir quand tu veux Jean Bap, la première fois, ce sera pour le plaisir.

Jean-Baptiste s'éloigna en souriant de cette rencontre et en pensant à ces jours de promiscuité passés sur la Clepsydre.

Ce brassage social obligé lui en avait appris plus sur lui-même qu'il n'eût imaginé.

Il avait découvert son aptitude à écouter les autres, à trouver intérêt aux morceaux d'histoire que chacun osait dévoiler à un inconnu, à comprendre même les comportements ou les choix de vie qu'il aurait réprouvés au nom d'une morale prétendument universelle et qui s'avérait une organisation propre à un monde, limité à son espace géographique.

Il avait appris à distinguer, pendant la tempête, ce qui était un geste de cœur ou de courage, de ce qui relevait d'une place sociale ou d'une autorité de hiérarchie, plus que d'une compétence. Cette ouverture aux autres allait sûrement lui servir pour entrer en contact avec des peuplades inconnues, dont la langue et le mode de communication seraient à écouter, observer, comprendre, avant de réagir et de pouvoir commercer.

Jean-Baptiste soupira en pensant à tout ce qui l'attendait, une aventure dans laquelle il allait embarquer son fils.

Bien, dit-il en entrant dans leur nouveau domicile ; pour commencer, je dois faire chauffer de l'eau et donc allumer un feu. Au travail !

Chapitre 5. La vie s'organise chez les Portail

Cris et cavalcades dans les rues de la Nouvelle Orléans.

– C'est dans notre rue, ce vacarme, s'étonna Sylvain, en se précipitant sur le perron de leur maison ?

Le bruit venait d'un gosse qui courait en galoches comme un dératé, et de deux poursuivants en tenue locale de gendarme.

L'un avait l'avantage de sa jeunesse, bien qu'alourdi par un large sac de belle taille, posé sur sa tête ; les autres, bien que forts de leur représentation de l'autorité, avaient le désavantage d'un uniforme lourd et de sabres brinquebalants, plus sonores qu'utiles, au cas présent.

– Je pressens un joli trafic de tabac, commenta Jean-Baptiste. Faux tabatier, le tarif en France, c'était cinquante livres. Ils n'ont pas fini de lui courir après, mais par cette chaleur moite, la poursuite risque d'échouer lamentablement.

Le gamin avait déjà disparu dans une rue adjacente et la maréchaussée revenait sur ses pas, tricornes à la main, s'essuyant le front à l'aide de gros mouchoirs colorés.

En repassant devant le porche de la famille Portail, le brigadier déclara penaud :

– C'est tout le temps comme ça ! Il portait un ballot de tabac de Saint Louis qui est débarqué sur les plages du lac Pontchartrain[12], ou dans les marais du bayou Saint Jean. Et là les habitants louent leurs services pour transporter à pied les sacs de tabac jusqu'au Mississippi, où des barges les attendent. Ici, ils mêlent les sacs parmi des balles de tissu et il faudrait surveiller en permanence les bateaux à

---

[12] Lac Pontchartrain : Grand lac d'eau saumâtre du sud de la Louisiane

fond plat, qui ne s'amarrent pas en aval de la place des Armes, mais au niveau de la digue, en face du marché.

Après ce sont des gosses qui se chargent des sacs et filent dans la cohue des étals de marchands. Celui-là, on l'avait déjà repéré, avec sa casquette qu'il a dû voler à un Français.

– Je ne connais pas votre uniforme, dit Jean-Baptiste ; il ressemble à celui des compagnies franches de la Marine.

– Non, on est de la milice de la Nouvelle Orléans. On relève du commandement du gouverneur.

Son collègue lui fit comprendre, avec un geste du coude, qu'il avait très soif.

Alors qu'ils s'éloignaient sous les cyprès ombragés, Jean-Baptiste vit surgir, longeant les murs, faisant très attention à ne pas être vu, un compère de voyage, Paul Ciccone.

– Et bien l'ami, on a déjà repris ses activités de contrebande ? Autant rester actif dans le domaine qu'on connaît bien ?

– Vous moquez pas, répondit Ciccone. Ce petit métis fait partie de la bande qu'on utilise pour livrer du tabac, sans payer les taxes. Mais je me demande s'il n'a pas fait exprès de se faire repérer par la milice, pour échapper à mon contrôle. Il connaît les points de vente, mais mes acheteurs, tout tordus qu'ils soient, flaireront le mauvais coup et ne voudront pas perdre leur réseau d'approvisionnement. Il risque de se faire voler son sac et ne verra pas la couleur d'un denier. Il faut que je le dresse !

A peine avait-il achevé son propos que le gamin réapparut, rigolant, portant toujours son ballot de tabac sur la tête :

– Milice, pas capab' marcher vite.

– C'est ça, fais le malin ; le jour où les soldats te courseront avec des fusils, tu rigoleras moins. Bonsoir les amis, on a notre petit commerce à terminer.

Et Ciccone s'éloigna, poussant l'enfant à violents coups de pieds et le rattrapant par les oreilles, comme en témoignaient les cris du porteur de tabac.

– Chacun essaye de survivre, commenta l'abbé. Les métis ne sont pas des esclaves, mais je ne suis pas sûr que leur sort soit meilleur que celui des serviteurs noirs.

Sylvain sentit la colère monter en lui. Une bouffée de chaleur, réveillée par un souvenir d'injustice enfoui au fond de sa mémoire, une punition d'écolier à coups de règle sur les doigts et à oreilles tirées, alors que ce jour-là, il n'avait commis aucune sottise.

Sylvain courut soudain jusqu'à Ciccone, le bouscula, et cria à l'enfant :

– Sauve-toi et lâche le sac.

Le petit métis libéré de l'étreinte du faux tabatier, s'esquiva en riant et en faisant des pieds de nez.

– J'en parlerai à ton père, cria Ciccone, furieux, et il ramassa son ballot de tabac.

Père et oncle avaient regardé la scène sans bouger, debout sur le perron.

– Si tu veux défendre la terre contre l'injustice, bon courage, mon fils. Je ne doute pas que Ciccone ne viendra pas se plaindre, mais il faut que tu maitrises un peu plus tes pulsions. Cela dit, ce personnage devient franchement antipathique.

L'oncle fit un clin d'œil à son neveu et lui rappela qu'il fallait s'habiller pour aller au bal du gouverneur : une chemise blanche à jabot, une culotte courte et des souliers noirs à cirer.

– Et toi, tu t'habilles comment, mon oncle ?

– Tu veux une taloche, petit malappris ? Mais je vais changer mon crucifix en bois, contre celui en cuivre doré. Les jésuites viennent peut-être observer les nouveaux arrivants et je ne peux rater l'occasion de m'y distinguer.

– Et toi, père, tu vas te raser un peu ?

– C'est bien possible que je me rase toute la soirée, en effet. L'important est que tu y prennes plaisir et que tu te rappelles les pas de danse du menuet ou de la matelote, sans marcher sur les pieds de ta cavalière.

– Tu crois que Colette a appris à danser chez les sœurs Ursulines ? Enfin, l'essentiel est que je la revoie.

– Tu penses que les colons, présents ce soir, ne vont pas l'inviter à danser ? Il va falloir que tu sois malin pour ne pas rater ton tour et que Colette résiste aux autres prétendants.

Sylvain resta atterré ; il n'avait pas envisagé qu'un bal soit l'occasion pour Colette de rencontrer des colons riches, propriétaires de terres.

– Et puis, dit son père, il y aura forcément parmi eux, des hommes ayant belle allure, plus mûrs que toi et…

– Tais-toi, hurla Sylvain, la soirée va être horrible.

– Alors reprends-toi et arrête tes jérémiades ; tu te fais beau et tu décides ce soir d'inviter Colette à toutes les danses, même si tu ne les connais pas. Aie ce courage et Colette verra tes intentions et les sœurs Ursulines comprendront aussi.

La boule au ventre. C'est dans l'angoisse que Sylvain suivit son père à travers les rues de la Nouvelle Orléans, guidé par la musique d'un piano qui égrenait les notes de vieilles chansons françaises.

Une foule endimanchée se pressait pour monter les marches du palais du gouverneur.

L'abbé Chataud admira les serviteurs noirs en jabot gris et culotte blanche, debout immobiles sous la chaleur moite, accentuée par un léger courant d'air tiède qui suivait le cours du Mississippi. Les lustres à gaz et les candélabres muraux brillaient de mille feux dans le grand salon, dont les tapis avaient été roulés dans un coin.

Deux groupes humains se faisaient face, de part et d'autre de la piste de danse. D'un côté, les colons en recherche d'épouses, dont le dénommé Ciccone, certains déjà un peu éméchés, parlant fort et interpellant des filles au hasard. De l'autre côté, des jeunes filles inquiètes, encadrées par les sœurs, un peu raides et gênées ; mais aussi quelques prostituées hilares, venues tenter leur chance à ce marché au mariage.

Sylvain quêtait le regard de Colette. A l'évidence elle n'était pas venue par plaisir.

A la différence de ses compagnes, elle n'avait pas mis de tenue colorée et ne s'était pas maquillée. Son regard montrait une appréhension certaine et elle ne lui sourit pas.

L'abbé s'était approché du pianiste, ayant reconnu le refrain d'une chanson coquine du sud de la France.

– Vous devez avoir tout un répertoire, j'imagine.

Le pianiste noir sourit de toutes ses dents et lui répondit :

– Allemande, bourrée, chaconne, contredanse, cotillon, et pour les vieux, du menuet.

– Et vous chantez aussi ?

– Pas ce soir, ce n'est pas le genre du patron. Mais il y a des tavernes au bord du Mississippi où je chante en créole des chansons d'esclaves. Là-bas, on danse la calinda, comme en Afrique.

– C'est joli, votre veste si colorée, pour moi qui suis toujours en noir.

– C'est du madras, répondit le pianiste, fièrement. Bon neg porté madras et twiste curé porter jupon nouair ! Oh ! Zécoute ! Voilà le maître.

Le gouverneur venait de faire son entrée : longue veste bleue de brocard, jabot blanc et culottes courtes assorties, tricorne en castor, épée aux côtés et souliers à talons rouges.

Son épouse portait une robe noire à panier, aux manches à la française arrêtées aux coudes, pour laisser dépasser des volants de dentelle, et inaugurait une haute coiffure à la pouf qui l'obligeait à se baisser pour passer les ouvertures des portes.

– Mes chers amis, nous avons convenu avec notre pianiste, qui sera ce soir accompagné d'un violon, de vous proposer des danses de couple, uniquement à deux temps, pour faciliter la vie des plus maladroits. Rigaudon, gigue, cotillon, contredanse bien que venant d'Angleterre, bourrée et pour commencer, une danse en ligne, une gavotte. Bonne soirée à tous.

Ce fut la ruée, sous les rires de ceux et celles venus simplement pour le spectacle.

Sylvain ne s'attendait pas à une telle précipitation et Colette fut vite enlevée par un colon de vingt ans son aîné.

– Alors mon mignon, on s'est fait piquer sa bien-aimée, lui dit la Rousse. Je préférerais danser avec ton père ; mais en attendant, donne-moi la main et on rentre dans la gavotte.

La danse avait commencé en ligne, puis s'était incurvée, et les danseurs formaient un cercle.

– Vous dansez avec beaucoup de souplesse, dit Sylvain pour se donner une contenance.

– Arrête de me vouvoyer où je te plante au milieu de la piste, réagit la Rousse. Je me sens vieille quand tu me parles ainsi. Dès que cette danse idiote s'achève, on se précipite sur ta copine et son danseur.

Sylvain la regarda, éberlué ; que voulait-elle faire ?

Quand le pianiste fit entendre les dernières notes, tous les convives applaudirent pour cet agréable début de soirée.

La Rousse se précipita vers Colette et dès que le pianiste annonça à haute voix « Rigaudon », elle prit le cavalier de Colette par la main en disant :

– Laissons ensemble les petits jeunes.

La Rousse portait un bustier et une robe de couleur verte qui faisait ressortir la rousseur de sa coiffure, que l'amie Marie-France avait améliorée d'anglaises torsadées encadrant son visage. Le colon fut surpris, mais visiblement pas désappointé par le changement de partenaire.

Colette souriait enfin dans les bras de Sylvain, bienheureux de ce magnifique tour de passe-passe.

– N'oublie pas de dire à ton père ce que je t'ai dit, lança la Rousse entraînant son partenaire, en pliant la jambe, en sautant et en agitant la hanche.

– Faisons comme elle, dit Colette admirative, elle a l'air de bien connaître les danses à la mode.

Et c'est ainsi que Sylvain fut initié à danser le rigaudon, entre autres gesticulations.

– Je boirais bien une orangeade pour me rafraîchir, lui dit Colette.

– J'ai soif aussi sous cette moiteur, je vais chercher deux verres, avec une goutte de rhum, susurra Sylvain.

Le temps qu'il se rende au buffet, un colon s'était précipité sur Colette pour lui faire danser un cotillon. Elle déclina l'invitation en précisant que son cavalier était parti lui chercher un rafraîchissement, mais l'animal ne voulant rien savoir, mit la main autour de sa taille et l'entraîna de force.

Le geste déplut à Colette qui se débattit en criant, mais encore plus à sœur Béatrice, qui veillait sur ses filles. Cette dernière eut beau invectiver l'énergumène, rien n'y fit.

Sœur Béatrice sentit la colère monter en elle, devant ce comportement de mâle dominateur et elle prit son ombrelle par le bout pointu et frappa de toutes ses forces sur le dos du colon, avec la poignée en bois.

Le colon hurla, plus de surprise que de douleur ; mais il se sentait humilié.

– Ah ! Tu veux danser la vieille fille, eh bien d'accord, grogna l'excité.

Et il saisit la sœur par la taille et l'entraîna à tourner sur la piste de danse en lui mettant une main sur les fesses. Ce geste transforma trois autres sœurs en furies, lesquelles, entraînées par sœur Constance, se précipitèrent en hurlant à l'outrage.

Le gouverneur fit signe à deux serviteurs noirs d'une taille impressionnante, d'intervenir : le trouble-fête fut expulsé vite fait.

Colette prit sœur Béatrice dans ses bras pour la consoler : elle n'aurait jamais pensé agir ainsi, avec cette femme d'habitude si revêche.

Sylvain s'approcha avec ses orangeades améliorées et eut la bonne idée de donner un verre à Colette et l'autre à la sœur.

– Ça va vous requinquer, ma sœur !

Cette dernière se rendit compte que le jus de fruit n'avait pas le goût habituel, mais elle trouva que cela lui faisait du bien et la réchauffait.

– Colette, dit enfin la sœur, remise de ses émotions, vous ne laissez pas les hommes indifférents. Il serait bon pour tout le monde que vous en épousiez un.

– Cette question-là n'est pas de votre compétence, intervint la mère abbesse. Et il n'y a pas d'urgence, cette jeune fille n'en est qu'à son premier bal.

– Je veille sur les filles que j'ai amenées de France et ce n'est que dans le délai imparti de trois mois, que je m'en retournerai à Poitiers, rendre compte de ma mission auprès de la générale abbesse de notre ordre.

L'abbé Chataud qui s'était rapproché, intéressé par la tournure de l'incident, fit remarquer :

– J'ignorais que votre communauté se structurait, comme celle des jésuites.

– C'est que, si Dieu le veut, nous sommes des guerrières pour défendre notre foi.

La mère abbesse pensa pouvoir ignorer le propos de sœur Béatrice, quant à ses liens avec les autorités de leur ordre, en soulignant la nécessaire adaptation des règles à une société bien différente de celle de la France.

Aussi reprit-elle son discours de prédilection :

– Je sais bien que nos filles ont un trimestre pour trouver chaussure à leurs pieds. Au-delà toutefois, une activité de soignante peut leur être proposée ou bien d'évangélisation en accompagnant des missionnaires.

– Je crois que Colette a déjà choisi un prétendant, déclara sœur Béatrice, ainsi que le montrent les nombreuses danses effectuées avec le même jeune homme.

Sylvain souriait un peu béatement ; on s'occupait de ses affaires, alors qu'il n'avait pas encore eu besoin de s'exprimer.

Colette restait attentive, pressentant quelque mauvais coup du destin, ainsi qu'elle en avait, hélas, trop l'habitude.

– Je suis désolée, intervint d'un ton ferme la mère abbesse, ce jeune homme n'est pas un colon et il ne peut donc pas prétendre épouser une fille à la cassette.

– C'est qui m'importe, répliqua Sylvain, c'est de vivre avec Colette, pas sa dot ou son trousseau.

– J'entends bien, dit la mère abbesse tout sourire, on peut trouver un arrangement.

Puisque vous privez un colon du bénéfice de la dot de cette jeune fille, il vous faut racheter sa dot, c'est la règle, ici ; ou attendre l'issue des trois mois et que Colette ait refusé tous ses prétendants et je gage qu'ils seront nombreux, au vu de cette soirée.

Sylvain en bégayait, pâle comme un linge mortuaire.

Colette s'exprima enfin, en regardant fixement la mère abbesse :

– Vous avez l'air experte en saloperies, ma mère !

Jean-Baptiste qui était resté en retrait jusqu'alors, s'avança vivement pour défendre son fils, mais une main vigoureuse le retint par l'épaule.

C'était le majordome, qui lui fit comprendre de se taire et interpella la mère abbesse :

– Je crains, ma mère, que vous n'interprétiez les règles à votre convenance.

– De quoi vous mêlez-vous ? Contentez-vous de bien servir ceux qui vous emploient !

– Le gouverneur m'a poussé à faire les mêmes études que son fils et je lui en sais gré ; notamment en droit et je connais en détail les textes qui régissent la question de la dot de mariage des filles à la cassette du roi.

– Vous allez me l'apprendre sans doute, petit métis, alors que je gère ces mariages depuis plus de dix années.

Le gouverneur s'était approché à son tour, gêné par cet attroupement bruyant.

Le pianiste avait cessé de jouer et tous les danseurs s'étaient figés.

– Je vais pourtant vous rappeler la loi, mère abbesse. Pour être colon en Nouvelle France, il faut y résider ; or je viens à l'instant d'apprendre de la bouche du sieur Portail, qu'il avait emménagé, avec son fils, dans une maison acquise chez maître Gribon, notaire de la Nouvelle Orléans.

J'ai appris également qu'il avait déposé les statuts d'une société commerciale, sise à la même adresse que son logement, et que son fils était cogérant de la société.

Par conséquent, ce garçon est un colon de Louisiane depuis quelques jours et il peut donc prétendre, à ce titre, demander la main d'une jeune fille à la cassette.

Est-ce clair, ma mère, ou dois-je répéter ?

Le visage de la mère abbesse avait quitté la couleur de sa colère initiale, au profit d'une pâleur grise qui avait envahi ses flasques bajoues.

– Excellente intervention, majordome, je n'ai pas investi inutilement dans votre éducation. Mais restons calme. Venez mère abbesse, le gouverneur va vous offrir un rafraîchissement. Allons, que la musique reprenne et les danses aussi.

Le petit groupe autour de Sylvain et Colette regardait le majordome avec admiration.

Jean-Baptiste remercia ce dernier avec chaleur, puis voyant son fils un peu abasourdi par l'épisode, déclara :

– Bon, Sylvain, tu vois ce qu'il te reste à faire…

Mais comme il restait encore un peu bloqué, Colette fit un pas vers lui et ouvrit ses bras en disant :

– Mon petit ouistiti se remet de ses émotions ?

Ils fondirent dans les bras l'un de l'autre, et s'éloignèrent s'asseoir sur un sofa pour y parler sérieusement.

Le majordome se pencha vers Jean-Baptiste et déclara :

– Je suis redevable d'un remerciement à votre fils. Il a tiré mon neveu des griffes d'un contrebandier qui le rudoyait.

– J'ai vu la scène, effectivement ; mon fils n'a pas supporté qu'on le tire brutalement par les oreilles, alors que le garçon avait sauvé le ballot de tabac, en fuyant la milice du gouverneur.

– Ce n'est pas un mauvais garçon, répondit le majordome, mais son père, qui est mort, faisait de la contrebande aussi, en vendant du sucre à Bâton Rouge. Il faudrait que je change de métier pour le faire travailler avec moi.

– Ah ? Je recherche des associés pour organiser mon commerce de peaux, le long du Mississippi. Passez me voir, si mon projet vous intéresse. Votre connaissance du pays serait un apport important pour entrer en contact avec les tribus indiennes.

Pendant ce temps, le gouverneur calmait la mère abbesse.

– Vous avez mal joué la mère, mais ce n'est qu'une dot de perdue et je ne peux pas critiquer mon majordome qui n'a fait que rappeler la loi. En revanche, renseignez-vous sur les liens de la sœur Béatrice avec les autorités de votre ordre. Si elle est en mission discrète sur vos agissements et qu'elle les révèle, je ne pourrais rien faire pour vous défendre, n'ayant aucun pouvoir dans l'espace du spirituel.

La musique d'une contredanse résonnait sous les plafonds bleutés du salon et les talons des danseurs marquaient un pas de bourrée, suivi de pas de gavotte.

L'abbé Chataud était allé rejoindre son neveu et questionna, sans délicatesse :

– Alors les jeunes, vous décidez quoi ? Je vous marie quand ?

Colette qui portait une robe blanche, se leva, tendit la main à Sylvain, montra sa robe au prêtre de l'autre main et dit en souriant :

– Je crois bien que je suis prête.

Sylvain la regardait, émerveillé. Il se laissa conduire et elle l'entraîna dans une dernière danse.

Jean-Baptiste s'approcha de son beau-frère, en l'interrogeant de la tête.

– L'affaire est entendue, dit l'abbé. Et si tu veux mon avis, je sais lequel des deux portera la culotte.

Ils rirent ensemble de bon cœur, conscients que le probable était arrivé et que les passions dirigeaient bien le monde, soit par amour, soit par concupiscence.

Sœur Béatrice jugea plus sûr, que Colette ne rentre pas à l'établissement religieux, qu'elle aille le soir-même loger chez son futur époux et qu'elle revienne le lendemain, accompagnée par l'abbé, pour quérir sa dot, son trousseau et sa petite malle d'affaires personnelles.

Le bal était fini ; les invités quittaient le palais en plaisantant, quand un une des prostituées poussa un hurlement terrifiant. Elle venait de voir dans les fourrés du jardin, en façade, le corps d'un homme ensanglanté : c'était l'énergumène qui avait osé faire danser sœur Béatrice.

Les gardes du gouverneur emmenèrent le corps sur ordre de ce dernier : il avait constaté une blessure au cou du mort, qui laissait supposer une blessure d'aiguille ou de poinçon.

C'est dans le silence et les commentaires chuchotés que les invités quittèrent les lieux.

Lorsque la famille Portail, agrandie, parvint à la maison, Jean-Baptiste proposa à son fils de laisser sa chambre à Colette et de dormir sur le grand canapé du salon.

Peut-être avaient-ils imaginé que ce serait leur première nuit ensemble ; pourtant ni Sylvain, ni Colette, ne contestèrent la proposition du pater familias.

Une fois ce petit monde couché, l'abbé chuchota à l'oreille de son beau-frère :

– Dix sols, qu'il ira la rejoindre dans moins d'une heure.

L'abbé perdit son pari. Le lendemain matin, ils découvrirent que Colette s'était levée et était allée s'étendre au côté de Sylvain, et tous deux dormaient profondément.

Chapitre 6. Tempête chez les Portail

Ce fut un réveil brutal et animé.

Des bourrasques faisaient claquer les volets avec violence et un début d'averse se fit entendre sur le toit en écorce ; d'épaisses gouttes d'eau crépitaient comme des talons de danseurs sur un parquet de bois.

– N'ouvrez pas les fenêtres, cria Jean-Baptiste, le vent va s'engouffrer et la pluie aussi. J'espère que ce n'est pas une tempête tropicale.

Les cyprès se tordaient sous les rafales ; les feuilles qui n'étaient pas arrachées par les coups de vent, étaient criblées par la force des gouttes et ressemblaient à des masques verts, aux yeux évidés.

Le tocsin de l'église Saint Louis se fit entendre.

– Par ce temps, ce n'est pas pour un enterrement, remarqua l'abbé. Ils auraient sonné le glas, d'ailleurs.

– C'est le signal d'une catastrophe à venir, dit Colette ; les sœurs m'ont expliqué que le bedeau sonne les cloches sur ordre du gouverneur à chaque fois qu'il y a une guerre ou un cataclysme, pour que la population de la ville soit informée et vienne prêter main forte, notamment en cas d'attaques anglaises ou indiennes.

Sylvain était monté à l'étage, dans les combles, où une petite lucarne avait vue sur l'océan.

– Ça ressemble à la mer qu'on a connue sur la Clepsydre, dit-il, mais le flot de l'océan remonte le cours du Mississippi et toutes les pirogues ont quitté leurs attaches. La zone du marché risque vite d'être inondée et les baraques en bois des indiens vont être emportées par ce déluge.

Chacun écoutait les souffles et craquements avec inquiétude. Le tocsin continuait à sonner, plus ou moins fort, selon les coups de vents changeants et tourbillonnants.

– S'il faut porter secours, y a-t-il un lieu de ralliement, demanda Sylvain ?

– Sûrement la place devant le palais du gouverneur, proposa Jean-Baptiste.

Et voilà le père et le fils enfilant des manteaux de pluie et ouvrant une porte dérobée pour limiter l'entrée de la pluie par la porte principale.

– N'ayez crainte, s'il y a péril, hurla Jean-Baptiste, on ne prendra pas de risques inconsidérés.

Il fallut du muscle pour refermer la porte, contre la force des vents.

– Ils sont comme ça les Portail, dit l'abbé à Colette ; il faudra t'y faire.

Colette dodelinait de la tête en pensant que Sylvain aurait pu lui demander son avis. Elle était fière de son courage, plus contre les éléments que contre les humains, ainsi que l'avait montré la soirée chez le gouverneur.

Tout de même, s'il lui arrivait quelque chose maintenant, elle se voyait revenir avec horreur dans l'établissement de la mère abbesse.

L'angoisse est de retour, se dit-elle, en regardant le bassin de la cour, en train de déborder sous les flots de pluie.

– On va s'occuper de leur préparer un excellent repas, dit l'abbé ; ils en auront besoin quand ils rentreront, à Dieu sait quelle heure et dans quel état. Tu te mets aux légumes, Colette ?

Elle comprit que c'était le moyen de cesser de ruminer de mauvaises pensées, et enfila un petit tablier, pour ne pas tacher sa chemise de nuit.

Jean-Baptiste et son fils étaient parvenus jusqu'au palais du gouverneur, en s'agrippant aux murets pour ne pas tomber. Quelques villageois et surtout des serviteurs noirs s'étaient assis derrière un parapet, pour échapper aux vents et attendaient les ordres.

Jean-Baptiste ne reconnut parmi eux, aucune des personnes récemment arrivées en bateau.

Le majordome sortit sur le perron et s'assit aussi, près des sauveteurs spontanés.

– Le plus grave, cria-t-il, se situe au nord de la ville. Une vague gigantesque a remonté le fleuve et inondé les terres et les maisons, emmenant tout sur son passage.

Un groupe va devoir suivre le fils du gouverneur qui a regroupé plusieurs barges, pour remonter le cours du Mississippi et atteindre les zones inondées, pour y chercher des survivants. Il faudra du muscle pour pagayer fort et vite.

Les Portail se regardèrent : cela devait être dans leurs cordes.

Ils rejoignirent le débarcadère privé, abrité par le palais. Le fils du gouverneur répartissait les hommes sur les trois barges à disposition, à raison de six rameurs sur chacune. Les pagaies étaient très longues de façon à pouvoir ramer debout et sans doute à godiller par temps calme. Pour se repérer au milieu du bruit, un rameur par barge avait été doté d'un sifflet et d'une attache ; ce fut le cas pour Jean-Baptiste.

Les serviteurs noirs ayant l'habitude de ces longues pelles, montrèrent aux autres comment se tenir, sans être déséquilibré. Sylvain trouva rapidement le bon mouvement permettant de relever la pelle, sans être tiré vers l'arrière et montra à son père le déhanché nécessaire pour appuyer avec force sur l'eau.

Lorsqu'ils rejoignirent un affluent du Mississippi, ils perçurent mieux la difficulté de se mouvoir dans une eau noirâtre, agitée, qui charriait des troncs d'arbres et des débris de toutes sortes : pirogues éventrées, volets brisés, chiens morts, sacs envolés, oiseaux noyés, bouteilles et caisses à la dérive...

Le fils du gouverneur fit signe de tourner sur la droite en empruntant un bayou. La tempête tropicale avait fait disparaître tous les moustiques et seuls restaient quelques hérons hagards sous l'averse continue et violente. Des cris se firent entendre, mais le tumulte ne permettait pas de s'orienter aisément vers la source des appels à l'aide.

Le fils du gouverneur fit signe à Jean-Baptiste de s'orienter plus au nord, tandis que les autres prendraient vers l'ouest. Ce ne fut pas une bonne décision, car soudain un alligator surgit pour monter sur la barge du fils du gouverneur, et parvint à poser une patte sur son mollet.

Ce dernier se laissa tomber, pour s'aplatir le plus possible et être hors prise de la gueule du monstre. Sylvain approcha sa barge de l'autre côté du reptile qui donnait des coups de queue pour agiter les embarcations, au milieu des cris affolés des rameurs. La bête mesurait bien quatre mètres de long, de couleur brune ; ses crocs jaunes et la gueule rouge ouverte avaient de quoi impressionner le chasseur le plus aguerri.

Les restes d'un homme en partie dévoré par le monstre, expliquaient sa présence dans le bayou.

L'alligator se retourna vers la barge de Sylvain, qui lui mettait des coups de pelle sur la tête ; il sauta hors de l'eau et brisa en deux le manche de la pelle de ses puissantes mâchoires, dans un bruit épouvantable. Le fils du gouverneur était inquiet de la situation, mais aussi de l'état de son mollet dont une veine laissait s'écouler beaucoup de sang, en mesure d'attirer d'autres carnassiers.

Sylvain avait pris une autre pelle et hurlait aux rameurs effrayés de ne plus bouger, pour ne pas faire verser leur canot, heureusement à fond plat. Le saurien continuait de s'énerver en mordant les barges. Sylvain eut soudain l'idée de prendre sa pagaie par la pelle et lorsque l'alligator ouvrit de nouveau sa gueule effrayante, il plongea le long manche dans sa gueule. Dans la douleur, la bête s'agita de plus belle, mais ne ferma plus la gueule, encombré qu'il était par ce long morceau de bois enfoncé dans sa gorge.

Les rameurs repêchèrent le corps de l'homme attaqué par l'alligator et les deux barges purent alors quitter le bayou inhospitalier et rejoindre le cours du fleuve.

Pendant ce temps, Jean-Baptiste avait pris à bord de sa barge deux indiennes, avec trois enfants, et revenait déjà à leur rencontre.

– Je n'ai plus de place sur mon canot, dit-il, et vous, vous n'avez trouvé personne ?

– On a essayé de pêcher un alligator qui mangeait un homme, mais il nous a faussé compagnie en nous volant une pelle. Il a blessé gravement le fils du gouverneur ; on rentre vite.

Ce dernier gémissait un peu, mais était plutôt satisfait de s'en être sorti. Les rameurs regardaient Sylvain avec admiration et l'un d'entre eux déclara soudain :

– « Blanc coup d'pelle ».

En dépit du cadavre posé au milieu d'eux, tous rirent de ce surnom.

– Ça me change de ouistiti, marmonna Sylvain.

Le retour fut plus calme, mais plus fatiguant, car si l'ouragan s'était calmé, le flux remontait toujours le fleuve avec la marée et il fallait pagayer fort, malgré la perte de deux pelles et un blessé qui ramait pour se donner contenance.

En arrivant au débarcadère du palais, ils usèrent de leurs sifflets pour alerter le gouverneur et ses serviteurs. L'accueil fut bruyant, chacun voulant raconter tel épisode ou tel autre, qui l'avait marqué. Sylvain fut chaleureusement remercié par le gouverneur qui aida son

fils à marcher à cloche-pied.

— Mais qu'est-ce qu'on fait des indiens que j'ai sauvés,

demanda Jean-Baptiste ?

– Ah oui, c'est très bien, mettez-les où vous voulez,

répondit le gouverneur.

– A La Rochelle, cette réponse voulait dire, on s'en fout !

Le mépris total de ces femmes indiennes déconcerta Jean-

Baptiste.

Le majordome s'approcha et le remercia d'avoir sauvé ces

enfants et leurs mères.

– Elles ne parlent pas assez français et ne savent comment

vous remercier. On va trouver une solution et chercher à

quelle tribu elles se rattachent.

– Ton gouverneur est peut-être ému par le bobo de son fils,

mais il se conduit comme un gougnafier.

– Le mépris des blancs pour les indiens est réel et le gouverneur n'y échappe pas ; tu me plais de plus en plus, sieur Portail !

Une des indiennes s'approcha de Jean-Baptiste, mit la main sur son cœur et dit :

– Mwa, twa. Papouses pas mwa.

– Là, elle vous dit qu'elle est à vous, si vous le voulez bien, et que les enfants sont ceux de son amie, pas les siens, interpréta le majordome.

– C'est très gênant, dit Jean-Baptiste ; je comprends qu'elle soit reconnaissante que je l'ai sauvée, mais elle ne devient pas ma femme pour autant, même si elle est très jolie.

Le majordome éclata de rire.

– C'est loin, les Charentes, monsieur Portail. Ici, vous êtes en Louisiane, au pays des trente tribus indiennes, une terre que vous occupez et vous voulez que vos mœurs et vos coutumes y soient adoptées, comme un fait d'évidence. Elle est chez elle, et vous parle avec son cœur des mœurs de son clan, en toute bienséance.

– Je veux bien l'héberger pour lui rendre service, le temps qu'elle retrouve les siens. Mais elle ne doit pas imaginer Dieu sait quoi.

– Je lui ai expliqué la situation, déclara le majordome ; elle dit qu'elle connaît la patience et qu'elle sera à votre service aussi longtemps que vous le voudrez. Je comprends son langage, elle doit être de la tribu chacta. Pensez à votre projet et à l'intérêt du concours d'une indienne pour entrer en relation avec les tribus de Louisiane.

Jean-Baptiste restait désemparé devant cette femme qui s'offrait à lui ; avec ses nattes, elle lui rappelait son premier amour d'enfance, Julie, une petite brune effrontée qui l'avait mené à l'école par le bout du nez. Mais à présent, c'est une vraie femme qui lui faisait face, un visage aux traits délicats, la peau ocre et mate, dans une longue tunique de peau, un pagne en tissu coloré et des mocassins en cuir.

– Je m'appelle Jean-Baptiste, dit-il, en frappant sur sa poitrine, Jean-Baptiste.

– Mwa, Enola, dit-elle, avec un premier sourire.

– Ça veut dire magnolia, précisa le majordome. Je vous laisse et vais voir comment héberger l'autre indienne, avec ses trois enfants qui doivent être affamés et me charge du corps que votre fils a ramené du bayou.

Ce n'est pas l'alligator qui l'a tué, il l'a trouvé mort, probablement amené par la vague qui a remonté le Mississippi. Sa tête est intacte et j'ai vu un trou au cou qui me rappelle l'incident du bal du gouverneur. Il va falloir enquêter et je n'aime pas ça. Adieu.

– Et bien, rentrons chez moi, Elona, dit Jean-Baptiste ; mon fils est déjà parti pour raconter ses exploits à sa bien-aimée. Il y a aussi mon beau-frère, il est missionnaire.

– Missionnaire, méchant, répondit-elle, apeurée. Tué tribu mwa.

– Non, non, lui très gentil, réagit-il, en lui prenant les mains.

Elle se laissa entraîner jusqu'à leur maison que la tempête avait épargnée, même si les arbres du jardin étaient déchiquetés et le sol boueux. Le jeune couple et l'abbé sortirent sur le perron pour les accueillir et elle fut aussitôt effrayée en voyant la robe de l'abbé Chataud et son crucifix.

– Je crois que son village a mal vécu le passage d'un missionnaire ; elle a parlé de morts dans sa tribu, lors d'une visite d'un prêtre.

– C'est une de celles que tu as sauvées, remarqua Sylvain. Elle ne sait pas où aller ?

– On va dire ça, répondit Jean-Baptiste ; j'ai besoin de me sécher et elle aussi.

Et Enola le suivit en marchant très à l'écart de l'abbé.

– Ton père s'est trouvé une nouvelle femme, chuchota Colette ?

– Mais qu'est-ce que tu imagines, pas mon père, avec une indienne, s'étonna Sylvain en quêtant une réaction de son oncle.

Ce dernier détourna le regard et entra dans sa chambre en ronchonnant.

Jean-Baptiste réapparut et fit signe à Colette de le suivre à la salle de bain. Enola était torse nu, n'ayant gardé qu'un petit pagne encore mouillé.

– Voilà le problème, Colette. Penses-tu qu'une de tes robes amples pourrait lui aller et couvrirait sa poitrine ?

– Je vais te trouver ça ; une chemise de nuit devrait lui aller. Mais dis donc, Jean- Baptiste, quelle belle femme !

– Oui, mais les coutumes de son clan me posent un problème. Je l'ai sauvée et de ce fait je devrais la prendre pour femme. Je trouve que c'est un peu rapide.

– J'ai l'impression qu'elle comprend ce qu'on dit, remarqua Colette, même si elle parle peu notre langue.

– Twa, femme fils, dit Elona.

– Presque, répondit Colette. C'est compliqué aussi pour moi. Reste là, je vais te chercher un vêtement. Si l'abbé te voyait comme ça, je crois qu'il nous ferait une crise de nerf. Déjà que tu as peur de lui.

Quelques instants plus tard, Elona apparut vêtue d'une longue chemise blanche, ses longs cheveux noirs dénoués, le sourire aux lèvres. Les tatouages noirs de ses mollets et de ses bras étaient mis en relief par la blancheur de sa vêture.

– Mwa, créole comme twa, dit-elle à Colette ; dommage twa cheveux paille.

– Nous avons de la visite, cria Sylvain.

Le salon se remplissait comme une scène de théâtre. Le nouveau venu n'était autre que le majordome et son espiègle neveu. L'abbé sortit enfin de sa chambre et déclara :

– Dites-moi où on en est, je crains d'avoir rater un épisode.

– J'ai donné mon congé au gouverneur, dit le majordome. Et lui, est d'accord pour participer au financement de votre société de cuirs et peaux, si on lui garantit un dixième des bénéfices. C'est un coquin en affaires, mais s'il est prêt à prendre un risque, c'est que ce serait la première entreprise tenue par un Français, dans ce type de négoce, exercé d'habitude par des indiens, mais sans régularité d'approvisionnement.

– Que de bonnes nouvelles, s'esclaffa Jean-Baptiste ; vous êtes donc prêt à vous joindre à nous dans notre commerce et cherchez à y occuper aussi votre neveu.

– C'est mon offre en effet. Je vois que vous avez, entre-temps, décidé d'épouser cette indienne, puisque vous l'avez vêtue de la robe blanche, qu'on donne à la mariée ? Jean-Baptiste s'assit en se tapant les mains sur le front.

Décidément tout allait bien, sauf quand il s'agissait des femmes.

La fausse situation, le visage catastrophé de Jean-Baptiste, l'incompréhension de l'abbé devant cet imbroglio, le visage crispé d'Elona cherchant à comprendre, provoquèrent un rire gêné de Colette et Sylvain.

– Je vois que je suis déjà utile, alors, intervint le majordome.

Et il prit Elona par la main et l'entraîna à l'écart pour lui parler en chacta.

– Si le majordome ne tient plus ce rôle, il serait préférable de l'appeler par son nom, déclara l'abbé.

– C'est tonton Gad, répondit le neveu. Ça veut dire genévrier.

– Et toi, on t'appelle comment ?

– Adriel, ça veut dire castor.

– Bien, Père, ton équipe se constitue, dit Sylvain. C'est amusant parce qu'on dirait que tu n'agis pas trop et que ça fonctionne comme un aimant qui attire ceux qui peuvent être utiles à ton projet.

– Je crois que cet aimant est même un peu trop puissant et attire des participants inattendus, avec des petites nattes…

C'est avec un rire de décrispation que la famille Portail se détendit enfin.

Gad réapparut avec Elona, boudeuse.

– Elle est un peu vexée de ne pas être prise pour épouse. Elle est la fille d'un grand chef Chacta et elle est habituée qu'on lui obéisse. Mais elle a compris que le grand blanc préfère les peaux claires, même si elle trouve que ça donne un air maladif.

Toutefois elle n'oublie pas qu'elle a une dette et elle s'engage à servir Jean-Baptiste pendant un an, et ne parlera plus jamais de mariage.

Jean-Baptiste trouva la décision très satisfaisante et tendit la main à Elona pour sceller leur accord, un geste inhabituel pour elle. Ce fut une longue poignée de mains, en agitant les avant-bras, qu'elle salua d'un grand éclat de rires.

Gad était toutefois embêté d'avoir quitté le gouverneur, au moment où des crimes répétés nécessitaient une attention particulière.

L'abbé Chataud était satisfait de l'évolution des événements et voulut, en gage de relations apaisées, serrer aussi la main d'Elona.

Rien n'y fit. Cette dernière demeura raide comme un piquet, bras croisés, poings fermés.

– Le calumet de la paix, ce sera pour une autre fois, mon oncle, dit Sylvain.

Tous sourirent de la situation et des attitudes qu'elle engendrait. Mais il n'y avait que de la franchise dans le comportement des uns et des autres, signe révélateur qu'un groupe uni par la même volonté d'agir ensemble, était en train de se former.

De son côté, l'abbé voulait savoir quel incident était à l'origine du désastre commis par un missionnaire dans le village tribal d'Elona. Il lui restait un acte important à réaliser avant de commencer sa mission : prendre rendez-vous à la chapelle des Jésuites de la Nouvelle Orléans, pour se présenter et obtenir des conseils, voire des appuis dans sa remontée du Mississippi, en fonction des villages et des peuplades indiennes, amicales ou non, avec les Français.

L'épisode désastreux, vécu par Elona, pourrait être évoqué avec le père général de l'antenne de Louisiane, mais encore fallait-il être sûr, que les Jésuites ne soient pas eux-mêmes responsables de l'incident, par exemple la transmission d'une maladie contagieuse.

Chapitre 7. Les débuts du commerce de peaux

Adriel chantait comme un putois et les oiseaux s'échappaient en criant, à l'avancée des pirogues.

– Pagayo, pagayam, pagayote…

– Ça suffit, Adriel, intervint l'abbé Chataud. Rame et tais-toi. Et de toute façon ce n'est pas du latin, ton charabia.

Les deux pirogues avançaient lentement, remontant le courant du Mississippi.

Jean-Baptiste, Gad et Elona partageaient la première embarcation, l'abbé et Adriel occupaient la seconde.

– Pour commencer on va essayer de commercer avec les Biloxis, déclara Jean-Baptiste ; ils ont l'habitude de venir jusqu'à la Nouvelle Orléans pour vendre des peaux de castor.

– Pouah, cracha Elona, eux des sioux !

– Ils parlent le mobilien et ne sont pas alliés des Anglais ; on ne risque rien avec eux. Qu'importe qu'ils soient de la famille des sioux. C'eût été pire avec les Natchez ou les

Chicachas, mais l'armée française les a déportés pour stabiliser la région.

– A partir de maintenant on pagaie en silence, conseilla Gad ; il faut être attentif et aux aguets. Mais on a tout de même le droit d'écraser d'une bonne claque, les maringouins qui nous piquent. Et il joignit le geste à la parole.

Le lit du fleuve s'était quelques instants rétrécis, à cause de troncs d'arbres à la dérive sur lesquels s'acharnaient des castors. Les branches de tupelos[13] déracinés étalaient leurs feuilles orange vif sur l'eau verte du fleuve et des oiseaux noirs légers couraient sur les feuilles, sans les faire couler. Des tortues vertes de grande taille somnolaient sur les branches à la dérive, ouvrant juste un œil, pour s'assurer qu'aucun castor n'attaquait leur support flottant de ses incisives acérées.

Jean-Baptiste ruminait en ramant. Sylvain avait bien vite accepté l'offre du gouverneur de passer une année comme officier des gardes de la Nouvelle Orléans. Il y gagnait une autonomie financière pour la première fois et

---

[13] Tupelo : arbre conique d'Amérique du Nord

pouvait ainsi organiser sa vie de couple avec Colette. Le gouverneur lui avait même offert de mettre un salon à sa disposition pour fêter son mariage.

– N'empêche, grogna Jean-Baptiste à haute voix, il n'est pas avec moi pour cette première aventure sur le Mississippi.

Les aboiements de chiens mirent un terme à sa rumination. Un village Biloxi[14] était proche, des canoës de bois couverts de peaux étaient affalés dans la vase rouge des bords du fleuve.

Des enfants nus sautaient dans l'eau en riant ; ils crièrent un mot, plusieurs fois répétés et s'égayèrent sur la rive.

– Wasishu, wasishu.

– Ça veut dire "blancs", traduisit Gad. Je me sens très assimilé créole par les Biloxi.

Les pirogues furent arrimées contre un ponton délabré et les colons gravirent une petite butte de terre qui masquait le village, fait de baraquements et de huttes colorées. Gad et Adriel portaient des sacs pleins de bimbeloteries, Jean-Baptiste portait un sac en bandoulière et un fusil, l'abbé

---

[14] Biloxi : peuplade amérindienne de la famille des Creek

portait son grand crucifix en bois et une bible en cuir usagé et Elona portait fièrement un regard hautain sur le village.

– Il faut aller saluer le chef du village avant toute autre chose, dit Gad.

Plusieurs hommes sortirent d'une baraque dont le toit fumait, diffusant une agréable odeur de porc grillé et d'épices. Ils étaient torse nu et vêtus de pantalons cousus de pièces de peaux et de tissus ; trois d'entre eux seulement avaient les cheveux ornés de deux plumes.

Ils ne parlaient pas, tournant autour des arrivants.

– Bonjour, je suis missionnaire, déclara l'abbé Chataud ; nous venons de la Nouvelle Orléans.

Les Biloxis restaient silencieux. Deux d'entre eux semblaient intéressés par le fusil français. Un autre s'approcha d'Elona et souleva ses cheveux nattés pour les respirer.

Elona se dressa sur la pointe des pieds pour toiser l'adversaire et dégagea son plastron au niveau de la hanche droite pour laisser apparaître un coutelas de belle taille.

– On se calme, intervint Jean-Baptiste, nous venons en amis. Et il passa son bras par-dessus le cou d'Elona, en signe de protection.

– Est-ce que vous nous comprenez, demanda l'abbé ?

– Bien sûr, nous parlons français depuis trois générations.

La voix provenait d'un vaste tipi dont surgit un homme âgé, enroulé dans une couverture colorée que l'on eut cru tissée par un Écossais.

– L'abbé vient vous rencontrer, pour répondre à toute question sur le Dieu unique et pour ma part, je veux proposer un accord, pour acheter de façon suivie des peaux de castor, de cerf et de renard.

Le chef regarda Jean-Baptiste dans les yeux, longtemps, dans un silence général.

– Ton visage respire la franchise, c'est une chose rare chez les blancs. Viens, entrons dans mon tipi pour parler.

Avant d'opérer un demi-tour, il regarda tous les membres du groupe à tour de rôle. Ses yeux exprimèrent du respect pour Elona, il grogna devant Gad, décoiffa Adriel en souriant, et l'abbé n'eut droit qu'à un petit rictus peu engageant. Il faisait très chaud sous la tente peu aérée et chacun fut invité à s'asseoir au sol sur des tapis râpés.

– Pas de calumet, déclara le chef, nous n'avons pas à faire la paix. Les femmes ont fait de la tisane de canneberge, alors buvons.

Une femme, vêtue d'une longue chemise ample, apporta à chacun un bol de tisane. Elona fut servie en dernier, volontairement.

Jean Baptiste expliqua son projet commercial et ses possibilités d'écoulement de cuirs et peaux vers la France, via les Antilles, mais aussi vers les colonies espagnoles.

Le chef raconta que le temps et les saisons dictaient leurs règles de chasse et que les quantités variaient en conséquence. Il cita les prix auxquelles s'étaient opérées leurs dernières ventes à la Nouvelle Orléans, tarifs qui convenaient à Jean-Baptiste.

Ce dernier fit ouvrir les sacs apportés et ce furent les femmes qui piochèrent en riant, prenant, qui un miroir, qui une casserole, qui un colifichet.

Un chapeau de type haut de forme eut un grand succès, mais le chef déclara sèchement que c'était un chapeau d'homme et trouva que cela lui donnerait un air sérieux.

– A partir de quand, peut-on revenir pour acheter des peaux séchées, demanda Jean-Baptiste ?

– Pas avant trente lunes, jugea le chef et prévoyez plusieurs barges, environ quatre.

– Très bien, acquiesça Jean-Baptiste ; quelque chose à ajouter, l'abbé ?

L'abbé Chataud ne savait par où commencer, ayant perçu plus tôt, une certaine distance, de la part du chef Biloxi.

– Cela fait longtemps que des missionnaires défilent par ici. Vous amenez, avec vous, la guerre et les alcools forts, quand ce ne sont pas des maladies, comme la variole. Et vous nous apprenez que votre Dieu est partout. Il est donc le bien et le mal. Je préfère nos totems inoffensifs, à vos croix qui ne parlent que de douleur.

Elona approuva de la tête les propos du vieux chef, et l'abbé pensa qu'il ne fallait pas s'aventurer dans une querelle inutile et sans doute perdue d'avance ; aussi se limita-t-il à donner des images pieuses très colorées qui encombraient sa bible.

Le chef les regarda et les distribua aux femmes qui en apprécièrent les dessins.

Il regarda Elona avec attention et lui demanda : Chacta ?

– Moi, fille chef Ectapas ; tout mon clan mort ; maladie venue Jésuites.

– J'ai bien connu son père, dit le chef en s'adressant à Jean-Baptiste, un homme courageux et fier. Protège-la, grand blanc à cheveux jaunes et ras, elle te sera reconnaissante.

Lorsqu'ils sortirent du tipi, tout le village attendait leur sortie et Gad dut laisser certains indiens piocher dans sa besace, pourtant déjà bien allégée.

Les enfants les accompagnèrent jusqu'à leurs pirogues et les suivirent en nageant et en les éclaboussant joyeusement.

L'abbé Chataud ruminait. Comment allait-il évangéliser des hommes qui voyaient le mal dans sa robe de bure noire ?

Gad était inquiet ; la moitié des objets à donner en cadeau avait disparu dès le premier village indien. La prochaine étape serait la dernière de leur expédition.

Jean-Baptiste en revanche était satisfait de ce premier contact amical et constructif.

Elona rêvassait et sourit en repensant aux propos échangés avec le vieux chef.

– Tu ne leur reproches plus d'être de la famille des sioux, demanda Jean-Baptiste ?

– Lui grand homme sage, toi, écouter ses conseils.

Et Elona s'accouda sur une épaule de Jean-Baptiste, qui ne refusa pas ce doux geste d'intimité. Il fallait de nouveau pagayer avec ardeur, le courant avait pris de la vitesse. La pirogue de l'abbé et d'Adriel, plus légère, avait pris une avance d'une bonne dizaine de mètres.

– On doit approcher de la confluence avec la rivière rouge, déclara Jean-Baptiste, on fera une pause avant la jonction, au fortin de Bâton Rouge.

– Les Jésuites m'ont dit que c'est une concession utilisée comme étape, répondit l'abbé ; il devrait y avoir une dizaine de blancs et autant d'esclaves noirs qui travaillent aux récoltes de coton.

Le petit fort apparut dans la végétation touffue, sans vie apparente. Une barge large était déjà arrimée, le long d'un ponton de planches pourrissantes. Les deux pirogues furent levées hors d'eau sur le ponton ; aucun bruit ne provenait du fortin, lorsqu'ils entendirent :

– Alors, la famille Portail s'aventure bien haut, depuis la Nouvelle Orléans.

Jean-Baptiste reconnut aussitôt, avec déplaisir, la voix éraillée de Paul Ciccone.

– Je vous l'avais dit, j'essaie de passer des accords avec des indiens pour faire commerce de peaux.

Mais vous-même, que faites-vous loin de vos zones de trafic de tabac ?

– Pour ma part, je vous avais proposé une sorte d'association, ayant un certain nombre de barges en bon état, pour ramener des ballots de cuirs et peaux. Je ne crois pas avoir eu de réponse claire.

– Je n'en suis qu'à nouer des contacts. La question du transport de charges ne se posera pas avant un mois.

– Vous me lanternez ; je sais que vous avez passé un accord avec le gouverneur et son majordome qui vous suit comme un petit chien, avec son douteux neveu.

– Vos propos dépassent votre pensée, intervint l'abbé, calmez-vous. Jean-Baptiste a recherché un concours financier de départ, vous n'avez rien proposé en ce domaine que je sache.

– Eh bien, si vous savez vous débrouiller seuls avec les indiens, bon courage !

Ici la concession a été abandonnée et une tribu Natchez, qui n'a pas été exterminée par les Français, en a fait son port d'attache. Ils préfèrent les Anglais, vous allez vous en rendre compte.

Ciccone prit un sifflet pendu à son cou par une cordelette et souffla trois fois dedans.

Il n'en fallut pas plus pour que cinq indiens surgissent soudainement et réduisent au sol Jean-Baptiste, Gad et l'abbé Chataud. Elona se défendait déjà menaçant de son couteau un indien natchez impressionné, tandis qu'Adriel poussa dans le fleuve une de leurs pirogues.

– Elle, Chacta, déclara un des indiens, laisse-la. Elle ne vaut rien.

Elona n'attendit pas une seconde de plus et plongea dans l'eau pour aider Adriel à piloter la pirogue. Ciccone se mit à hurler qu'il ne fallait pas les laisser s'enfuir, qu'ils allaient trouver du renfort et le dénoncer au gouverneur.

– Tirez leur dessus, surtout le petit merdeux.

– C'est ton problème, dit un natchez, nous, on sera loin. On ne tire pas sur une femme chacta.

Les deux fugitifs pagayaient comme des fous pour s'éloigner et chercher du secours à la Nouvelle Orléans. Pendant ce temps les trois prisonniers avaient été ficelés aux mains, les pieds entravés, et emmenés à l'intérieur du fortin.

– Vous avez tort s'insurgea l'abbé, on ne maltraite pas impunément un homme de Dieu.

– Sauf par ceux qui ne reconnaissent pas ta religion, répondit Ciccone. Ils vont vous vendre aux anglais qui demanderont une rançon au gouverneur, cela vous fera de nombreux mois de prison. Les protestants n'aiment pas les missionnaires catholiques. Et moi je vais vous remplacer pendant ce temps dans le commerce des peaux.

– Sac à merde, cria Jean-Baptiste. Brigand un jour, brigand toujours.

Ciccone éclata de rire, fit un salut avec courbette et dit avant de s'enfuir :

– Bon séjour, chez vos nouveaux amis ; ça m'évite d'avoir à vous éliminer moi-même.

Chapitre 8. Les infatigables Portail

Colette s'éveilla en regardant Sylvain encore endormi, empêtré dans les draps tire-bouchonnés autour de sa taille. C'est la plus belle période de ma vie, pensait-elle ; j'ai trouvé un homme qui m'aime, je suis libérée de cette angoisse de mariage avec un colon inconnu et j'ai même quelques économies. Sylvain a trouvé un métier pour nous faire vivre, mais moi, que vais-je faire de tout ce temps qui s'offre à moi ?

Je n'ai pas encore de désir d'enfant et nous avons peu d'amis, autres que ceux de Jean-Baptiste. Il faudrait que je voie ce que sont devenues toutes mes camarades de voyage. En fait, je crois que je cherche une occupation, une utilité. Peut-être que certaines filles n'ont pas trouvé de mari ; que font-elles à présent avec les Ursulines ?

– Tu parles toute seule, dit Sylvain en baillant ?

Le soleil du matin perçait les persiennes de leur chambre, zébrant leurs corps de taches claires.

– Je pensais à l'avenir, dit Colette ; que d'événements depuis notre départ de La Rochelle ! Je crois à ma bonne étoile.

– C'est laquelle ton étoile ? Persée, les Jumeaux, l'étoile du berger ?

– Elle n'a pas de nom. C'est une luciole qui vient me voir quand ça ne va pas bien ; elle chuchote à mon oreille, me rassure et me pousse à aller de l'avant. Et quand je vais mieux, elle repart vite et loin et redevient une étoile qui veille sur moi.

– Et bien, tu me la montreras, peut-être qu'elle pourrait aussi m'adopter. Je suis malheureux d'avoir laissé partir mon père, alors que je lui avais promis de l'accompagner dans son commerce.

– Il est avec ton oncle et ses amis, je suis sûre qu'il comprend qu'on avait besoin d'un peu d'autonomie. On garde la maison et on a du travail pour aménager l'entrepôt de séchage des peaux ; il sera content de voir qu'on n'abandonne pas son projet.

– Tu as raison, c'est toi ma luciole ; bon, il faut que je me lève pour aller au palais du gouverneur. Aujourd'hui exercice de tir avec ma brigade d'intervention.

Et il faut que je m'occupe de ces crimes à coups d'aiguille ; cela en fait trois, si on compte celui sur la Clepsydre. Cela pousse à porter le soupçon sur un des passagers du bateau.

Bon, un jus de goyave, un beignet, un café, une toilette rapide, mon uniforme, mon sabre et je suis parti.

– Ma petite tornade, se moqua Colette en riant ; moi, je peux faire la grasse matinée.

Sylvain ne put s'empêcher de lui claquer les fesses avant de se lever.

La journée s'annonçait belle, mais sans grande surprise, quand soudain des cris et des coups frappés au portail alertèrent les deux tourtereaux.

Sylvain se précipita pour ouvrir et découvrit Adriel et Elona, essoufflés, couverts de sueur, parlant tous les deux en même temps.

– Entrez, mais pourquoi êtes-vous ici ?

Adriel, le visage rouge, raconta le piège tendu par Ciccone et leur fuite pour venir chercher secours. Elona acquiesçait en silence, cherchant à retrouver son souffle, mais parvint à dire :

– Toi, sauver Jean, vite !

Colette s'était précipitée pour réconforter Sylvain, hébété, qui tournait en rond.

– Habille-toi et fonce prévenir le gouverneur ; demande-lui la permission d'aller à Bâton Rouge avec ta brigade.

– Je vais avec toi, dit Adriel, mon oncle, pauvre oncle.

– En attendant, buvez et mangez quelque chose, dit Colette, vous êtes épuisés tous les deux. Sylvain va filer au palais et il reviendra vous chercher quand il aura organisé son plan de sauvetage.

Sylvain s'en voulait de ne pas avoir accompagné son père pour sa première expédition chez les indiens et il ruminait tout en enfilant son uniforme d'officier de la garde.

– Toi dire chef blanc, eux indiens Natchez, déclara Elona, très émue. Natchez pas tous tués. Moi peur mon Jean.

Sylvain comprit que la précision était importante, mais curieusement il avait surtout retenu l'utilisation d'un adjectif possessif pour parler de son père.

Adriel courait déjà derrière lui, un morceau de beignet entre les dents.

L'accueil du gouverneur fut plutôt rassurant. La situation lui semblait inquiétante, aussi bien pour son ex-majordome qu'il aimait presque comme un fils et pour Jean-Baptiste qui avait bénéficié d'un investissement financier et qu'il n'était donc pas question d'abandonner.

Le gouverneur tripotait sa moustache avec nervosité et arpentait la pièce à grands pas.

– Sylvain, les temps sont calmes, aussi bien côté colons, que côté sauvages ; on peut donc dégarnir la garde quelque temps. Je te propose de prendre dix gardes armés de fusils et trois barges, avec six indiens Chactas pour guider et pagayer.

Remontez le cours du fleuve jusqu'au fortin de Bâton Rouge, qu'ils auront probablement abandonné ; cherchez des indices pour voir s'ils ont repris leur chemin à pied ou par la voie fluviale. Mais plus au nord, faîtes très attention, si vous interrogez des indiens qui auraient pu les repérer : quel crédit apporter à leur réponse, s'ils répondent ?

– On y va, on y va, s'énerva Adriel.

– Je vois qu'on change de comportement à l'égard de son oncle, remarqua le gouverneur. La vie réelle te mettrait donc du plomb dans la tête.

– Je vais chercher mon escouade, réagit Sylvain. Je ne repasse pas à la maison ; Elona n'est pas maîtrisable et je ne veux pas la guerre avec tous les indiens de tribus qu'elle méprise.

– Elle va pas être contente, dit Adriel, c'est grâce à elle si on est là et elle a ramé aussi fort que moi.

– Tant pis, elle comprendra, mais elle serait plus un problème qu'un avantage. Et il y a autre chose que je n'ai pas aimé.

– T'as peur mettre le grappin sur ton père ? Beau grappin pourtant !

– Ça suffit Adriel, file.

– Hou, colère !

Adriel s'enfuit en ricanant, pour échapper à la taloche qui lui était destinée.

Quelques instants plus tard les barges emplis d'hommes, d'armes et de poudre, voguaient sur le Mississippi, à grands coups de rames, avec le seul bruit de la pagaie creusant le cours du fleuve, suivi de celui des gerbes d'eau éjectées en bout de course du mouvement du bras.

Il leur faudrait plus de deux heures pour atteindre la concession désertée de Bâton Rouge.

Pendant ce temps Elona avait pris une douche et ressortait nue du cabinet de toilette. Colette s'émut de cette impudeur naturelle et sans ambiguïté.

– Il faut que je te prête une de mes robes, si tu veux bien avoir l'air d'une française. J'en ai une très belle, jaune d'or, qui devrait te plaire et que je n'ose pas porter.

Elles s'amusèrent à essayer diverses tenues devant la glace de la chambre.

– Ça me rappelle l'institution religieuse dans laquelle j'ai été élevée, dit Colette. Ça se terminait toujours par des batailles d'oreillers et des chatouilles.

Elona regardait Colette, la tête inclinée avec un peu de tristesse dans le regard.

– Moi pas de sœur, dit Elona. Que frères embêtants. Pas tendresse.

Colette s'approcha d'Elona et l'enlaça avec douceur. Un peu d'émoi et de tremblements à fleur de peau.

– Mais uniquement sœur, précisa Colette, j'ai un amour exclusif pour Sylvain.

– Moi, c'est Jean, dit Elona, mais lui ?

– Laisse faire le temps, dit Colette, il a perdu sa femme, il y a un an à peine et il faut que tu t'adaptes à notre langue, notre mode de vie. Ne sois pas pressée, tu es désirable et il le sait, j'ai vu ses regards. Allez, on s'habille et on file au marché, je n'ai plus rien à manger.

Le soleil était au zénith lorsque Sylvain et sa troupe parvinrent à Bâton Rouge.

Seuls les indiens ne descendirent pas des barges, sur le quai de planches de bois ; aussi silencieux que possible, les soldats suivirent leur officier, fusils chargés.

Sylvain fit signe de rester en retrait, sans faire de bruit et pénétra dans le fortin, fusil en avant, prêt à tirer.

L'ensemble se limitait à quatre pièces sombres, d'une chaleur étouffante, derrière des murs épais et moisis. Mais nulle trace de vie, sauf un vison occupé à mâchouiller un crapaud et qui se terrait dans le coin le plus sombre d'une pièce.

– Il n'y a âme qui vive, cria Sylvain.

En fouillant le sol à l'extérieur des murs, il découvrit dans l'herbe le crucifix de bois de l'abbé Chataud.

– Officier, dit un soldat, votre oncle est passé par là et a voulu laisser une trace.

– Ou un natchez lui a arraché et l'a jeté dans les fourrés, pour qu'on croit qu'ils sont partis à pied.

Ils se regroupèrent sur le ponton, s'interrogeant sur le chemin pris par les ravisseurs, jusqu'à ce qu'un des indiens lève sa pagaie en disant :

– Je connais Bâton Rouge ; chemin à pied dans forêt vierge trop dangereux : serpents, lynx et panthères noires dans les arbres. Eux repartis avec canoës.

– Alors on remonte le fleuve plus au nord, décida Sylvain, jusqu'à l'embouchure de la rivière rouge.

Là, il faudra trouver des indices pour identifier la route qu'ils auront choisie ; cinq natchez et trois captifs, dans au moins quatre canoës, ne peuvent pas passer, sans être remarqués.

Plus au nord, sur la rivière Ouachita, large et calme après sa jonction avec la rivière rouge, quatre canoës allaient bon train. Les natchez pagayaient en silence, à l'exception des grognements de l'abbé Chataud qui recevait des coups de pied de son gardien, à chaque fois qu'il essayait de trouver une position plus confortable.

Les cinq ravisseurs étaient torses nus, les crânes rasés, sauf au sommet d'où une touffe de cheveux noirs jaillissait, des tatouages uniquement sur le visage et notamment une sorte de bandeau de peinture rouge sur les yeux et qui faisait le tour de la tête.

Ils étaient équipés de très longs fusils à la crosse sculptée, de tomahawks et de couteaux de chasse crantés.

Jean-Baptiste et Gad avaient été bâillonnés, ficelés en position fœtale, notamment par une cordelette qui liait fermement les cordes leur ligotant les mains et les pieds.

– On continue jusqu'à la source, dit le chef des natchez, et on portera les canoës à pied pour rejoindre l'Arkansas. Les blancs ne connaissent pas ce chemin, ni les métis dégénérés qui les servent.

Les bords de la rivière étaient creusés de nids de ragondins en quête de racines et d'herbes odorantes, attentifs à ne pas être attaqués par des visons solitaires et agressifs.

Des saules pleureurs bordaient la rivière, masquant une forêt de cèdres annonçant une zone moins marécageuse.

Cependant, Colette et Elona étaient inquiètes, Sylvain n'était pas encore repassé à la maison.

– Tu penses que le gouverneur n'a pas accepté sa décision d'aller retrouver son père et qu'il est parti avec Adriel seulement ?

– Non, lui m'oublier exprès, dit Elona. Lui pas vouloir moi et son père.

– Adriel seul, ne lui serait pas d'un grand secours. Non, il a pu penser qu'il fallait te protéger et que son père l'eût souhaité.

– Toi défendre ton homme, normal.

A ce moment une tornade bruyante entra dans le salon, avec le bruit crissant de lourdes galoches.

– Elona, Colette !

Adriel, de retour du palais du gouverneur, leur apprit le départ de Sylvain avec une escouade bien armée.

– Mais nous, cria Elona, on reste comme papouse, attendre retour des hommes ?

– Que veux-tu faire, demanda Colette ?

– Il a pas voulu m'emmener non plus, intervint Adriel. Pour lui c'est un acte de guerre et c'est l'affaire des soldats.

Pourtant je voulais moi aussi retrouver mon oncle qui a abandonné son métier de majordome, pour s'occuper de moi.

Au fait, j'ai piqué deux fusils, un sac de poudre et des balles !

– Prends canoë, on les rattrape, dit Elona.

– Mon Dieu, je n'ai jamais fait ça, s'exclama Colette, mais de quoi j'aurais l'air, si je ne vais pas soutenir Sylvain avec vous. Il y a plein d'habits de coureur des bois dans la chambre de Jean-Baptiste, allons-nous habiller de façon plus adaptée.

Colette transpirait d'émotion, apeurée de sa décision, elle qui n'avait jamais eu à affronter physiquement quoi que ce soit.

– Toi vraie sœur, maintenant, jugea Elona.

Adriel attendait devant le portail que les femmes aient fini de s'habiller pour se protéger des moustiques et des averses.

Une main pesante s'appuya soudain sur son épaule.

– Alors on vole des fusils de la garde, comme si tout le monde pouvait se servir dans l'armurerie du gouverneur ?

– C'est aide pour Sylvain et retrouver son père et mon oncle, prisonniers d'indiens.

Elona et Colette surgirent, étonnées de ce visiteur qu'elles méconnaissaient et qu'Adriel semblait connaître.

– Mais vous allez à la pêche, ricana Simon, le fils du gouverneur.

– On va prêter main-forte à Sylvain, dit Colette ; ça sent le traquenard cette histoire d'enlèvement. On a deux canoës.

– Sylvain m'a sauvé de la gueule d'un alligator, je lui dois la vie. C'est le jour où les esclaves l'ont appelé " blanc coup d'pelle". Je pars avec vous, mais je vais chercher d'autres armes. Rendez-vous à l'embarcadère.

Simon repartit en courant vers le palais, se demandant pourquoi son père ne lui avait pas encore parlé de l'incident.

L'armurerie permit à Simon de choisir des pistolets, de la poudre noire, des couteaux et même une vieille arbalète et des carreaux.

Il ressortit avec un énorme sac bien lourd et butta, dans la rue, contre la Rousse.

– Le fils du gouverneur me fait du rentre-dedans, sous les fenêtres de son papa, c'est adorable.

– Non, madame, je n'ai pas fait exprès, je suis très pressé, c'est tout.

– Et il est pressé d'aller où, le mignon, avec sa grosse besace, d'où dépasse un long coutelas ?

– Il faut que je porte secours à Sylvain, dont le père a été enlevé par des sauvages.

– Quoi ? Jean Bap est prisonnier des indiens ?

– Oui, ce seraient des Natchez ; je croyais qu'on les avait tous tués ou déportés.

– Écoute gamin, Jean Bap, c'est peut-être l'homme de ma vie et crois moi, il n'y en a plus beaucoup qui me donnent des frissons. Alors me battre pour lui, ça me va. Tu m'emmènes, il n'y a pas à discuter.

– Nous sommes déjà quatre…

– Et bien, nous serons cinq, mais il faut que je trouve un pantalon et un bonnet pour cacher mes cheveux roux.

– Quelle expédition, bon sang, je maîtrise rien et ce sont les femmes qui décident.

Quelque temps plus tard, Simon et la Rousse rejoignaient l'embarcadère où Adriel, Colette et Elona occupaient déjà un canoë.

– La Rousse a connu Jean-Baptiste, lors du voyage depuis la France et elle veut aider à le retrouver. On embarque alors.

Elona toisa la Rousse et cracha dans l'eau.

– Je vais attaquer des indiens avec trois femmes et un enfant ; je crois que je ferais mieux de jouer de la flûte.

– Bonne idée, ricana la Rousse et elle sortit de sa poche une guimbarde grossière qu'elle mit dans sa bouche pour faire résonner les deux tons de l'instrument. Maintenant tais-toi et rame, Simon.

Colette pouffa, prit une pagaie et se mit à ramer en reprenant de sa voix douce la musique grégaire de la guimbarde.

– J'ai des objets dans un sac pour faire cadeaux comme mon oncle, dit Adriel. Les indiens adorer trucs moches inutiles. Aie !

Adriel venait de prendre un coup de pagaie mouillée de la part d'Elona.

– Toi rire sur misère, dit Elona ; c'est mal.

– Bien vu, commenta la Rousse, tu devrais apprendre aux colons ton savoir-vivre et comment partager leur richesse pour vivre tous, avec tout le bonheur possible.

– Oh ! Tu lis Rousseau et Voltaire, s'étonna Simon, c'est bien pour une gourgandine.

– Si tu la fermais pour ramer, s'énerva Colette, ce serait bien pour tous. Tu es né avec une cuillère en argent dans la bouche, ce n'est pas le cas de nous autres.

Il y eut celui qui grogna mécontent et celles qui sourirent satisfaites de cette entente féminine et sociale. Lorsqu'ils atteignirent Bâton Rouge, ils ne s'arrêtèrent même pas. Aucun canot n'était arrimé au pied du fortin.

Plus au nord sur le Mississippi, Sylvain était parvenu à la jonction avec la rivière rouge.

Le paysage changeait tous les jours en fonction des quantités d'alluvions brun rouge, charriées par la rivière, modifiant les méandres de sable et de boues.

– Il y a un camp d'indiens nomades, dit Sylvain, essayons de savoir s'ils ont vu passer les Natchez.

Les barges et les uniformes ne devaient pas constituer une ambiance favorable à la libération de la parole. Aucun d'eux n'avait vu quoi que ce soit : pas la moindre petite plume d'indiens.

– Où aller, demanda Sylvain à ses hommes ? On continue sur le Mississippi ou on part sur la rivière rouge ?

Les indiens avaient posé leurs longues pagaies, attendant la décision.

Sylvain pensa que les rameurs avaient peut-être une idée, comme à Bâton Rouge.

– D'après vous, amis Chactas, quel chemin a été choisi par les ravisseurs ?

– Si blancs captifs, c'est pour chiens d'anglais. Aller au nord.

– Alors il faut continuer sur le Mississippi. La rivière rouge fait un coude qui repart plein est.

– Toi décider. Mais pas malin. Si on prend rivière rouge, bientôt à droite, rivière Ouachita aller plein nord. Plus discret.

– C'est vrai qu'on est chez vous ; on devrait plus souvent vous écouter. Allez, tu nous guides.

Et les poursuivants firent le choix de tourner sur la rivière rouge.

Plus haut, les ravisseurs commençaient à être inquiets du débit de l'Ouachita, dont le courant tumultueux les avait ralenti et failli faire verser une embarcation.

– On s'arrête un moment, ce n'est pas normal une crue en cette saison, dit le chef.

Peut-être qu'un barrage naturel, un entassement d'arbres effondrés et d'alluvions ou de boues, vient de céder et transforme la rivière en torrent.

Les indiens débarquèrent leurs captifs et les libérèrent de leurs liens.

– Faire pipi, caca, dit l'un d'entre eux, hilare.

Il fallait surtout que le sang circule normalement dans toutes les veines et que des crampes soient dominées.

– Je ne comprends pas, dit Jean-Baptiste, nous n'avons aucune valeur marchande. Et de toute façon, nos familles n'ont pas les moyens de payer une rançon.

– Toi, peut-être monnaie d'échange pour Anglais en prison, dit un indien.

– Les geôles de la Nouvelle Orléans sont peu occupées, dit Gad, mais il y a bien deux Anglais arrêtés pour contrebande.

– Sans doute des amis à Ciccone, dit l'abbé ; celui-là, il faudra s'en occuper quand cette histoire sera finie. Mais qu'est-ce que j'ai mal d'avoir été bloqué, le ventre contre une traverse anguleuse.

Les Natchez sortirent d'un sac, des boulettes de viande séchée et commencèrent à mastiquer. Les Portail les regardaient avec envie tandis que Gad cherchait au sol des champignons ou des racines comestibles.

– Blancs doivent être en bonne santé pour Anglais, dit le chef et il leur jeta une boulette à chacun en précisant :

– Wapiti et groseilles.

– Et de la graisse de ragondin, je connais, précisa Gad. Vous pouvez les manger, mais mâchez longuement avant d'avaler.

Pendant ce temps, la crue de la rivière s'était accentuée, et ils durent à trois reprises reculer dans les terres en tirant leurs canoës.

– Après, petite sieste, dit le chef Natchez, on attend la marée basse.

Les cinq indiens rirent à gorge déployée de leur humour portuaire.

A leur tour, Simon, Adriel et les trois femmes énergiques étaient parvenus à la confluence du Mississippi avec la rivière rouge. Le même dilemme se posa au petit groupe faisant une pause pour souffler un peu.

Adriel, ayant vu le campement d'indiens, décida de prendre une initiative et descendit du canoë, son sac sur l'épaule.

Après avoir demandé s'ils avaient vu passer des barges avec des soldats, Adriel n'eut droit qu'à des hochements de tête interrogatifs. Il prit alors un cierge dans sa sacoche, s'approcha du feu sur lequel chauffait une bouilloire, et l'alluma.

Puis sûr de son petit effet, il alla donner sa bougie blanche lumineuse à un vieil indien épanoui par ce cadeau.

Deux autres indiens demandèrent des bougies et Adriel parvint alors à parler avec eux, avec les quelques mots de

Chacta que son oncle lui avait appris. Ils lui racontèrent même avoir vu les Natchez plusieurs heures avant.

Très fier de lui, Adriel remonta dans le canoë et rapporta ses échanges avec les indiens, en précisant :

– Moi profiter de leur misère, mais efficace. En fait, eux très gentils.

– On a gagné beaucoup de temps, reprenons nos pagaies, dit Colette.

– A quoi je sers, se demandait Simon.

Sylvain et ses hommes remontaient, à leur tour, la rivière Ouachita.

– Eau remuer trop, dit un rameur Chacta.

Effectivement la rivière en crue commençait à charrier des branches d'arbres et des mottes de terre que des mousses et des touffes d'herbes enlaçaient comme un trémail de filins naturels.

Les barges parvenaient à flotter au-dessus de la rivière, mais la tâche des rameurs se compliquait au fur et à mesure que la force du courant s'accentuait.

Soudain un coup de feu déchira le bruit régulier de l'eau agitée et un soldat de la garde s'effondra sur sa barge.

– On accoste et on s'abrite cria Sylvain ; les Natchez nous guettaient.

Retrouver la terre ferme fut cependant rassurant pour bien des hommes.

Ramper dans l'herbe haute inondée par la rivière n'était pas chose facile, en tenant le fusil et le sac de poudre au-dessus de sa tête, et à la seule force d'un bras, tout en tortillant des hanches comme une anguille.

Plusieurs hommes crurent voir des silhouettes dans les fourrés et se mirent à tirer.

– Cessez-le-feu, cria Sylvain, on peut tirer sur les otages.

L'idée d'aller au corps à corps avec les indiens effrayait les soldats qui ne bougèrent plus.

– On est dans l'impasse, râla Sylvain.

On n'entendait plus que le débit rugissant de la rivière, interrompu par le cri aigu d'un oiseau ou celui plus impressionnant d'un singe hurleur.

Sylvain recommença à ramper dans une zone moins marécageuse, mais dont le sol couvert de bois mort rendait sa reptation plus bruyante. Aussi faisait-il quelques mouvements, puis s'arrêtait aussitôt, aux aguets, le fusil prêt à tirer.

Un bruit furtif, une ombre au-dessus de lui, un grognement et soudain le visage effrayé de son père bâillonné, derrière lequel jaillit un bras, avec un tomahawk.

Sylvain poussa son fusil en avant à côté du visage de son père et tira sur le bras de l'agresseur. Trois corps s'emmêlèrent sans un cri. Bien que les mains attachées, Jean-Baptiste réussit dans sa chute à bloquer avec ses jambes, l'indien qui n'avait plus que son bras gauche valide. Ce dernier tenta de reprendre sa hache, mais Sylvain fut le plus rapide et lui trancha la main, avec une violence qu'il ne soupçonnait pas en lui.

Il coupa alors les liens de son père et lui retira son bâillon. Jean-Baptiste l'embrassa en pleurant et s'assura que l'indien avait perdu connaissance.

– Donne-moi un fusil, fils, il faut sauver ton oncle et Gad. Vous avez tué un indien tout à l'heure, ils ne sont plus que trois.

Sylvain tenait son père par les épaules, comme pour s'assurer que c'était bien lui, et en entier. Il restait derrière lui, le nez dans ses cheveux courts.

Les soldats de la garde les avaient rejoints et proposaient d'avancer à découvert, en prétextant une plus grande puissance de feu.

– Allons-y en silence, dit Jean-Baptiste, et méfiez-vous, ce sont des tordus.

L'herbe rase avait laissé place à des bosquets de fleurs jaunes à l'ombre des acacias et des saules, tous reliés par des lianes brunes tournoyantes.

– Halte, cria Sylvain, tremblant de tous ses membres.

Deux indiens leur faisaient face, tenant devant eux Gad et l'abbé Chataud, un couteau sous la gorge. Les visages des deux captifs étaient ensanglantés, preuve qu'ils avaient essayé de se défendre avec vigueur.

– Il en manque un, chuchota Jean-Baptiste, qui doit avoir encore un fusil. On ne bouge plus.

Les adversaires se regardaient avec haine, figés comme des statues. Tout geste pouvait entraîner d'un côté l'égorgement des deux captifs, de l'autre le déclenchement d'une mitraille de dix fusils prêts à cracher la mort.

Plus au sud, Elona avait entendu les premiers coups de feu échangés.

Elle fit signe de quitter le cours de la rivière pour entrer dans un bayou qui s'étendait en longueur, presque en parallèle de la rivière.

– Moi, connaître endroit, dit-elle, nous ramer cachés.

Les deux canoës avancèrent sans bruit, à coups de pagaie légers, les corps courbés en avant pour rester masqués par les roseaux et les iris sauvages.

Ils virent l'étrange scène du face-à-face des ennemis, comme un film mis à l'arrêt.

– On les contourne pour les prendre à revers, dit Simon ; je crois que j'ai trouvé l'usage de mon arbalète.

Parvenus à un méandre qui les cachait, ils rejoignirent la rivière et accostèrent sur la même rive que leurs amis.

Simon, Elona et la Rousse avançaient en tête, Colette et Adriel suivaient avec les fusils et les sacs de poudre et de balles.

Simon découvrit le premier, l'indien caché derrière un bosquet, prêt à faire feu sur les soldats. Un carreau d'arbalète perfora son cou qui émit un curieux gargouillis.

L'homme s'effondra bruyamment sur le bosquet, en colorant les fleurs jaunes de violents jets de sang.

Les deux Natchez prêts à égorger leurs prisonniers appelèrent leur comparse, mais aucune réponse ne leur parvenant, ils se regardèrent avec un début d'inquiétude.

Simon n'eut pas le temps de bouger un doigt, que déjà Elona s'était élancée et plantait son coutelas dans les reins de l'indien qui tenait Gad.

En une fraction de seconde la Rousse se précipita pour faire de même avec deux pistolets, mais aucun ne fit feu.

L'indien qui tenait l'abbé en respect sourit et lança son couteau dans la poitrine de la Rousse. Il lui restait un tomahawk et allait vendre cher sa peau.

Blessée, la Rousse eut cet étonnant réflexe de retirer son bonnet qui dévoila sa longue chevelure rousse, telle la Gorgone[15].

L'indien resta, quelques instants, saisi par cette vision inhabituelle. Il n'en fallut pas plus à Jean-Baptiste pour l'abattre d'un coup de fusil, sans blesser son beau-frère.

Le natchez blessé par Elona avait abandonné Gad et rageur, attaqua Elona au couteau, sûr de sa force, quand il sentit le canon d'un fusil sur sa nuque.

– Ne touche pas à ma sœur où tu es mort, cria Colette, blanche de peur.

L'homme lâcha son couteau et Simon le plaqua, ventre au sol, pour lui attacher les poignets d'une cordelette.

---

[15] Gorgone : La Méduse de la mythologie grecque

Sylvain restait sidéré de découvrir soudain Colette, vêtue comme un coureur des bois, un fusil à la main, tournée vers l'abbé à qui elle disait goguenarde :

– Vous aviez converti lequel ? Apparemment ça n'a pas dû leur plaire.

– Mais que fais-tu là, c'est une folie, s'écria Sylvain ?

– J'ai craint de perdre un ouistiti, plaisanta-t-elle en lâchant son fusil et en ouvrant ses bras.

Sylvain la couvrit de baisers tout en la regardant avec admiration.

L'abbé était penché sur la Rousse qui semblait très gravement blessée et perdait beaucoup de sang.

Simon était gêné en pensant qu'aucun des pistolets qu'il avait donnés à la Rousse n'était en état de marche.

Adriel le regardait, effaré et en colère :

– Toi envoyer femme à la mort. Toi fils à Papa, mais sac à merde !

Sylvain menaçant, fit comprendre à Simon qu'il ferait bien de ne pas répondre.

Les soldats s'occupèrent des indiens sans ménagement, en dépit des blessures, et les ficelèrent comme font les bouchers avec des pièces de viande.

Gad remercia Elona, impressionné par son courage et la rapidité de son intervention. Mais elle ne l'écoutait pas, regardant par-dessus Gad, le visage de Jean-Baptiste qui la dévisageait, comme si le temps s'était arrêté.

Colette prit la main d'Elona et l'emmena jusqu'à Jean-Baptiste en disant à tous :

– Si nous sommes venus vous sauver, c'est grâce à Elona, qui est venue nous avertir de votre enlèvement et ensuite qui m'a poussée avec Adriel, à venir vous prêter main-forte, et avec quelle efficacité. Cette femme est une perle et je l'aime comme ma grande sœur à présent.

Chacun s'écarta, silencieux, sous le poids de l'émotion et s'empressa autour de la Rousse qui ne bougeait plus.

– Moi payer ma dette, quand Jean sauver moi inondation, déclara Elona. Moi libre.

– Tu as toujours été libre, dit Jean-Baptiste, mais je préférerais que tu restes avec moi. C'est moi qui comprends à présent tout ce que je te dois.

– Femme cheveux rouges, dire, toi être son homme.

– Mais pas du tout, elle a fait une fixation sur moi et me l'a fait comprendre, mais je n'ai pas de sentiments pour elle.

– Elle est en train de mourir, intervint l'abbé, qui, avec de l'eau de la rivière, lui donnait l'extrême onction. Il pria longuement en silence ; chacun était figé, conscient qu'une vie s'arrêtait devant eux. Sylvain eut le réflexe de lui donner le crucifix qu'il avait retrouvé à Bâton Rouge.

L'abbé fit un signe de croix sur son front et elle rouvrit les yeux dans un dernier souffle. Elle regarda Jean-Baptiste qui se pencha sur elle, lui donna un baiser et lui ferma les paupières avec tristesse.

Il se redressa plein d'émotions, la journée avait été riche en épisodes douloureux.

Se retournant, il croisa le regard plein de tendresse d'Elona, si souvent dur et fermé.

– Je crois qu'il va falloir que j'apprenne le chacta, déclara-t-il ; comme cela je te comprendrai mieux, enfin si tu veux bien.

– Ah oui, je te veux, répondit-elle.

Tous éclatèrent d'un rire nerveux devant ce lapsus et Jean-Baptiste mit la main sur l'épaule d'Elona, et lui promit de passer du temps avec elle, pour lui apprendre les finesses de la langue française.

Il fallait rentrer à présent, avec une morte et trois indiens blessés, capturés.

Ils se répartirent dans les divers canots et Jean-Baptiste monta dans le canoë d'Elona.

– Tu sais, Sylvain, dit Colette, j'ai appris à connaître cette femme et je crois vraiment qu'elle peut faire une agréable compagne pour ton père. Je pense même qu'ils se ressemblent, ils sont la franchise incarnée.

– Je sais que j'ai agi bêtement, mais il y a un an encore, ma mère était là. Bien sûr il a le droit de refaire sa vie, il est encore dans la fleur de l'âge.

Elle l'aime de toute évidence, a risqué sa vie pour lui et lui sera d'un grand secours, même pour son activité commerciale. Laissons-les apprendre à se connaître et facilitons-leur la vie.

– C'est bien, tu restes mon ouistiti préféré.

En regardant, le corps de la Rousse, Sylvain repensa au corps repêché dans le bayou.

Son enquête n'avait pas avancé, mais il commençait à porter de réels soupçons sur l'infâme Ciccone.

L'abbé Chataud et Gad choisirent de monter dans une des barges afin de revenir sans ramer, à la Nouvelle Orléans.

L'abbé avait lavé son visage dans la rivière et repensait calmement à la journée passée.

L'amour d'un fils pour son père ou d'une femme pour son conjoint, voilà le profond moteur des hommes, se dit l'abbé.

Mais c'est aussi l'espace de la jalousie et de la haine.

L'amour de Dieu, certes, a aussi été le moteur des croisades ou de l'extermination des Cathares.

Et moi, aurai-je risqué ma vie pour défendre sœur Béatrice ou la redoutée mère abbesse ?

Sans oublier que j'ai été sauvé aujourd'hui, grâce au geste d'une prostituée, révélant sa longue chevelure, telle Salomé[16].

Je dois être fatigué, se dit-il, ma foi vacille en me confrontant à un monde hostile, qui pourtant est aussi l'œuvre de Dieu.

– Repose-toi, lui dit Gad, je vois que tu rumines ; ton estomac n'est pas conçu pour ça, tu n'es pas un taureau. Respecte la nature.

---

[16] Salomé : Dans la Bible, elle exécute la danse des 7 voiles pour obtenir la tête de Saint Jean-Baptiste

Chapitre 9. Ainsi va la vie à la Nouvelle Orléans

– Le code noir, le code noir, le code noir[17]. Vous n'avez que ces mots à la bouche, déclara le gouverneur énervé. Et il a fait quoi précisément, votre esclave ?

– Il s'est enfui pour la troisième fois, dit la mère abbesse, il faut lui couper le jarret.

– Et il était affecté à quelle activité ?

– Récolte du coton et du sorgho et en hiver, l'entretien des toitures.

– La rage vous empêche de raisonner la mère ; s'il ne peut plus marcher sans béquilles, vous en faites quoi ?

– Je m'en fous, il y a d'autres esclaves ; il doit être puni en application du code.

---

[17] Code noir : Édit royal de Louis XIV concernant la police des îles de l'Amérique française

– Bien, je me réfère donc à l'article 32 du code noir, qui stipule :

"L'esclave fugitif qui aura été en fuite pendant un mois à compter du jour que son maître l'aura dénoncé en justice, aura les oreilles coupées et sera marqué d'une fleur de lis sur une épaule ; et s'il récidive une autre fois, à compter pareillement du jour de la dénonciation, aura le jarret coupé".

Avez-vous précédemment porté plainte devant le juge ? Si la réponse est négative, aucune décision ne peut être prise.

– Vous préférez ces « nègres » à leur maître, ma parole, dit l'abbesse en s'étranglant.

– Il y a des textes pour régler les conflits insolubles entre ennemis, or telle n'est pas la situation. Débarrassez-vous de cet esclave à votre guise, qui vous cherchera noise ? Ou mieux, vendez-le, sans préciser que c'est un esclave marron en puissance.

A quoi l'occupait son maître précédent ?

– Il travaillait à feue la compagnie des Indes, dans les entrepôts d'indigoterie[18] et de tannerie.

– On n'exporte plus guère d'indigo, en revanche le commerce des cuirs bat son plein. Tiens, refilez-le aux Portail, au motif qu'il doit s'y connaître en traitement des peaux de toutes sortes. Ça vous amusera.

– Comment ça "refiler", je le vends et cher, s'il a une compétence qu'ils n'ont pas.

Le duo de coquins s'entendait comme larron en foire, tout en sirotant un punch à la goyave et à la clémentine.

– Mère abbesse, comment évolue votre prise en main des prostituées pouvant gérer un salon de thé et de beauté, pour nos belles dames de la Nouvelle Orléans ?

– La Marie, qui a fait aide coiffeuse à Paris, est prête pour remplir une fonction de coiffeuse ; en revanche la tatoueuse est un peu brute de décoffrage et j'essaie de lui apprendre à parler correctement français. J'ai découvert

---

[18] Indigoterie : Installation artisanale pour faire la teinture bleu indigo

qu'une autre faisait des massages, mais il faudrait acquérir des huiles autres que celles pour problèmes musculaires. Elle a concocté une huile avec des mandarines et j'ai trouvé cela très agréable.

– Intéressant. Pourrait-elle faire des massages pour les hommes aussi ?

– Du massage pour hommes avec des prostituées, vous voyez d'ici la notoriété de votre établissement ! Votre épouse va avoir du mal à s'y investir !

– Non point. L'établissement doit exclusivement être ouvert aux femmes. Mais cela n'interdirait pas que votre masseuse fasse des visites à domicile ; à vous d'organiser la gestion des rendez-vous et les tarifs. Vous détiendriez par ailleurs une jolie liste, si le chantage vous en dit.

– Excellent, Marquis. Je pense qu'elle pourrait même apprendre à d'autres amies, à faire des massages, et plus si affinités.

– Bien, donc nouveau projet à creuser. Pour votre esclave à vendre, et vu votre historique avec les Portail, vous pourriez utiliser sœur Béatrice pour négocier l'affaire plus aisément.

– Bonne idée, je vais leur envoyer le cul béni avec mon « nègre », mais il faut qu'elle me ramène au moins cinquante sols. Par sécurité, la sœur tourière l'accompagnera.

Pendant ce temps les Portail s'activaient pour aménager le hangar, en séchoir de peaux.

– On étend des fils de coton, tous les mètres, sur toute la largeur de l'entrepôt, déclara Jean-Baptiste.

– Toi sécher ton linge, dit Adriel en rigolant.

– Je peux aussi t'y suspendre par les oreilles, proposa Gad à son neveu.

– Oh ! On a de visite.

Deux sœurs venaient de pousser le portail, tirant derrière elles un homme fatigué et voûté. Quand les arrivants quittèrent l'ombre des magnolias, le soleil révéla qu'il s'agissait de sœur Béatrice et de la sœur tourière, laquelle tirait au bout d'une corde, par le cou, un esclave noir.

Colette arrivait pour saluer les sœurs, lorsqu'elle s'aperçut que l'esclave saignait du frottement de la corde de chanvre et du collier de cuir autour de son cou :

– Bonjour, mes sœurs, mais vous faites horriblement mal à cet homme.

– Non, Colette, dit Béatrice, il saignait déjà quand on nous a dit de vous l'amener.

– Comment ça, s'étonna Jean-Baptiste, on n'a pas demandé un esclave. Et d'abord qui veut m'en donner un ?

– Ah non, il est à vendre, dit la sœur tourière. Ce n'est pas un cadeau ; il travaillait dans les champs de notre établissement religieux et avant à la tannerie de la compagnie des Indes.

– Et pourquoi vous acheter cet esclave ?

– Parce que pendant des années il a tanné des peaux et fabriqué des rectangles de cuir pour confectionner des vestes d'hommes.

– Alors on pourrait faire du tannage dans le hangar, demanda Colette ?

– Ah non, Maam Colette, pour tanner il faut très beaucoup eau ; on faisait ça dans les bayous.

Colette était sidérée ; pour la première fois de sa vie, un homme l'avait appelé Madame. Est-ce de la politesse, ou est-ce dû à un langage limité de la part de cet homme, ou bien est-ce que j'ai vieilli, telles étaient ses interrogations.

– On peut faire ça au port ou dans le Mississippi alors, questionna Colette ?

– On ne peut pas faire du tannage n'importe où, intervint Gad, c'est extrêmement polluant.

– D'abord faire tanin, avec écorce palétuviers et copeaux bois chêne, faits par castors. Mettre dans grosse cuve avec eau bouillante et laisser faire. Sent pas violette. Il faut eau partir un peu. Tanin prêt pour traiter peaux animal, pas poisson.

– On frotte ensuite la peau avec ce résidu, demanda Jean-Baptiste ?

– Non, il faut plusieurs cuves avec peu tanin ou beaucoup et laisser tremper peaux un mois dans chaque. Bon tannage, six mois. Cuir souple, huit mois.

– Mais il faut une véritable usine au bord d'un cours d'eau pour ça, s'étonna Colette.

– Maison compagnie abandonnée à trois lieues, à Bayou trempette qu'on appelle. Faut racheter.

– On me demande de t'acheter, dit Jean-Baptiste, et en plus il faut que je rachète une ruine en pleine forêt !

– C'est apparemment vrai que tu n'y connais rien, remarqua Colette. Ou alors tu vends des peaux brutes à traiter, mais pas du cuir.

L'esclave hochait la tête, acquiesçant aux propos de Colette.

Les deux sœurs n'avaient pas pour autant lâché la cordelette qui lui emprisonnait le cou. L'homme suivait avec intérêt la discussion qui pouvait faire basculer sa vie dans une activité connue, mais avec d'autres maîtres, dont il ignorait tout.

– Alors, comment fait-on, mes sœurs ? Je lui ouvre la bouche pour regarder s'il a de bonnes dents ? Je tâte ses biceps pour m'assurer qu'il a une bonne force de travail ? Aimez-vous les uns les autres, ça ne vous gêne pas ce précepte religieux ? Il est noir, donc il n'a pas d'âme ?

– On se calme, intervint l'abbé Chataud. Cet homme a été acheté comme esclave, c'est désolant, mais on ne peut améliorer sa vie que d'une seule façon : il faut l'acheter, l'intégrer dans ton entreprise, puis, quand tu le voudras, tu pourras l'affranchir en respectant les règles du Code noir.

– Combien faut-il donner d'argent, demanda Colette ? J'ai honte pour vous mes sœurs !

Sœur Béatrice regardait ses pieds, de plus en plus mal à l'aise.

– La mère supérieure demande trois livres, pour le rachat de Joseph, répondit la sœur tourière.

Sœur Béatrice tordit le nez. Le dénommé Joseph, toujours encordé derrière les sœurs, fit signe de la tête qu'il ne fallait pas croire ce qui venait d'être dit.

– C'est bien cher en effet, commenta Gad ; les tarifs du gouverneur sont inférieurs. Il a dû être acheté 2 livres et demie.

La sœur tourière grimaça en regardant Béatrice, et dit :

– Va pour cinquante sols.

Joseph tendit le cou pour que les sœurs lui retirent son collier et la cordelette.

– Non, dit la sœur tourière, je reprends ma corde, mais tu es un esclave, tu gardes ton collier.

L'abbé Chataud donna une petite bourse et raccompagna les ursulines au portail. A peine avait-il fermé la porte qu'on entendit les deux sœurs s'invectiver en criant.

L'abbé revint à pas de loup, en faisant une moue, exprimant le peu d'intérêt qu'il portait à leur débat.

– Faut le laver, dit Adriel, i pue l'ragondin.

– Ah ! Je veux bien dit Joseph, d'habitude j'attends la pluie. J'avais même pas une serviette ou une éponge pour me laver. Le savon, connais pas !

L'homme peinait à se redresser, vouté par les années de travail de l'aube au couchant. Il était très noir de peau, portait une culotte de toile beige rapiécée, serrée à la taille par une large ficelle de chanvre : c'était là son seul habillement, étant torse nu et pieds nus.

Jean-Baptiste s'approcha de lui, avec une pince coupante, et décolla délicatement le collier qui lui entaillait le cou depuis des années.

Joseph passa la main sur sa plaie, grimaça, puis arbora un franc sourire.

– Viens avec moi, dit Sylvain ; une bonne douche et je vais te donner de quoi t'habiller et aussi des sandales, si je trouve ta taille.

Ses pieds étaient assez grands, mais surtout très abimés, avec une corne aux talons qui les rendaient larges et épais.

– On dirait que les sœurs vivent dans la terreur de la mère abbesse, remarqua l'abbé, laquelle me semble avoir de drôles de pratiques et éprouver bien peu d'empathie, à l'égard de ces africains déportés, dans des conditions que l'on sait abominables.

Quelque temps plus tard, la sœur tourière raconta à la mère abbesse la vente de Joseph et donna les cinquante sols, en regrettant de ne pas avoir pu négocier un meilleur prix.

Devant le regard interrogatif de son vis-à-vis, elle précisa que sœur Béatrice avait laissé comprendre que le premier prix proposé était excessif.

– Si elle veut nuire au bon fonctionnement de notre établissement, je vais m'occuper d'elle et prendre les mesures qui s'imposent. Vous la mettez à l'isolement, au pain et à l'eau, et aucune visite n'est autorisée. Faites-la surveiller par sœur Constance, c'est une tombe cette femme.

Sœur Béatrice se croit investie, de je ne sais quelle mission, mais elle n'a pas autorité ici. Elle a joué contre moi, lors du bal du gouverneur, et je ne l'ai pas oublié.

– Vous connaissez ses liens avec notre hiérarchie en France, ma mère. Dois-je vous rappeler que la prudence est la première de nos vertus cardinales ?

– Appliquez cette règle vous-même, répondit furieuse, la mère abbesse ; souhaitez-vous accompagner sœur Béatrice à l'isolement ? Il y a encore deux cellules libres ! La sœur tourière s'enfuit aussitôt, agitant inhabituellement ses grosses fesses, dans les couloirs sombres de l'établissement.

La mère abbesse marmonnait : On verra bien, si je recevrai un jour, un courrier me demandant des nouvelles de cette emmerdeuse poitevine. En attendant, j'ai à choisir les filles qui officieront au salon de beauté de la rue des Bayous jaunes, au rayon massage, et à m'approvisionner en huiles parfumées. Je devrais peut-être chercher du côté de nos voisins espagnols, qui parait-il, mêlent du citron, du romarin et de l'huile d'olive.

Chapitre 10. L'entreprise Portail prend forme

Jean-Baptiste, accompagné de son fils, d'Adriel et de Joseph, recherchait à grands coups de pagaie, le bâtiment, peut-être en ruine, qui avait été utilisé par la Compagnie des Indes pour faire du tannage de peaux.

En empruntant un affluent très étroit, sur les conseils de Joseph, ils atteignirent un méandre sombre encombré de branchages.

– Ça sent pas bon, remarqua Adriel.

– Ah oui ! Plus ça sent, plus on approche, répondit Joseph.

Le passage devenait difficile ; d'immenses saules enchevêtraient leurs racines avec celles des cyprès chauves en travers du cours. Ils ne voyaient plus le ciel, masqué par les hauts arbres dont les feuilles roussies, racornies, révélaient les traces d'un dépérissement avancé.

Des canoës pourris et éventrés sur les berges témoignaient d'une trace humaine ancienne. Un mélange de mousses et de lentilles couvrait à présent le cours d'eau, sans le moindre flux, comme une sorte de paradis pour grenouilles.

Mais la forêt était silencieuse. Aucun cri d'oiseau, aucun clapotis d'animal aquatique et même aucun souffle de vent.

– Tout est mort ici, déclara Sylvain, inquiet de cette atmosphère, qui paraissait irréelle.

Les ratons laveurs et les ragondins avaient désertés les nids des berges depuis longtemps.

L'Atchafalaya, qui alimentait le bayou trempette, devait être presqu'à sec.

Les murs d'une bâtisse recouverte de mousses et de lianes apparurent enfin.

L'ensemble était entouré de nombreuses cabanes sur pilotis, construites avec des planches de palétuvier, le toit en écorce, et le tout recouvert de mousse espagnole, bien grise, presque laineuse.

– C'est maison Compagnie, dit Joseph ; l'était pas comme ça.

Jean-Baptiste guida l'équipage, au milieu des nombreux troncs morts émergeant de l'eau noire, jusqu'aux restes d'un ponton branlant, qui permit néanmoins d'arrimer leur long canoë. Les planches craquèrent sous leurs pas, mais ne cédèrent pas.

Ils s'étaient munis d'une machette pour dégager le passage latéral, permettant d'atteindre l'entrée de la bâtisse. Portes et volets des fenêtres pourrissaient et permirent d'entrer à l'intérieur.

L'odeur était insoutenable et Sylvain suivit son père en se bouchant le nez avec un mouchoir.

Curieusement, l'intérieur révéla des murs de briques et quelques belles boiseries, mais surtout des monceaux d'ordures et d'objets cassés, et des restes de nourriture en décomposition.

Le sol regorgeait de cloportes, de mille-pattes géants, de blaps agressifs, et de nombreux capricornes ; le grouillement d'ensemble eût été plus impressionnant, si un rai de lumière en avait donné une meilleure vision. En fait, la conscience de la présence de ces insectes, tenait au seul bruit que faisaient leurs chaussures en les écrasant à chaque pas.

– Va falloir cramer tout ça, commenta Jean-Baptiste, dégoûté.

Ils parvinrent enfin dans une immense salle, qu'une fenêtre cassée éclairait d'un faible jour.

– Salle travail, déclara Joseph, presque content de retrouver un lieu dans lequel il avait vécu si longtemps. Les cuves toujours là !

Effectivement de nombreuses cuves, en tôle et en terre cuite, la plupart renversées, emplissaient la pièce et répandaient, bien qu'asséchées, une odeur pestilentielle.

Sylvain regardait l'ensemble, ébahi, s'interrogeant sur la nécessité d'acquérir de pareils locaux. Son regard se porta sur les poutres du plafond et il eut soudain l'impression que l'une d'elles bougeait.

– En plus, ça ne parait pas très solide, dit Sylvain en montrant le plafond, il y a une poutre instable qui pourrait nous tomber dessus.

A peine avait-il fait cette remarque, que la poutre vacilla et glissa vers Jean-Baptiste.

C'est alors qu'il vit Joseph, d'habitude si nonchalant, se ruer sur son père et lui arracher sa machette.

La poutre n'avait pas bougé, mais un serpent venait d'en jaillir et s'était laissé tomber sur les épaules de Jean-Baptiste, effrayé. Le reptile crachait, prêt à morde au cou, quand Joseph fit un moulinet avec la machette et coupa net la tête de l'animal.

– Mocassin tête cuivrée, dit Joseph ; sale bête.

– Comme ti y a tué, s'esclaffa Adriel ; t'es un chef !

Les Portail, père et fils, se regardaient effarés. Les animaux de la forêt vierge imposaient constamment d'être sur ses gardes et cette énorme vipère venait de leur rappeler.

– Mille mercis, dit Jean-Baptiste, tu as dit que c'était un mocassin ?

– On appelle comme ça, car très bien pour chaussure !

M'sieur Jean, toujours être prêt avec coupe-coupe !

Sylvain arpentait la pièce en regardant les cuves vides et malodorantes. Dans un angle, le sol s'abaissait et permettait d'atteindre un petit bras du bayou.

– Ils ont du tout vidé par-là, quand la Compagnie des Indes a fait faillite, dit-il ; c'est comme ça qu'ils ont détruit toute vie aquatique alentour, et ensuite la végétation.

– Et les cabanes sur pilotis, demanda Jean-Baptiste, elles servaient à quoi ?

– Ça être case neg', dit Joseph ; dormir la nuit ; quatre par cabane. Pas beau à voir.

– J'imagine que si je veux la bâtisse, il faut prendre aussi les cabanes ; il n'y a pas aussi du terrain, derrière dans la forêt ?

– Si, y a prairie cimetière.

– Tu nous emmènes voir, Joseph.

Ils ressortirent après avoir écrabouiller autant d'insectes rampants que possible, et empruntèrent un passage, un ancien chemin que les branches cassées masquaient à leur regard.

Jean-Baptiste restait aux aguets, après l'épisode de la vipère brune, et tapait dans les branches basses avec sa machette.

Ils atteignirent très vite l'orée de cette forêt polluée, et la vue d'une haute prairie les sidéra.

– Pourquoi appelles-tu cet endroit « prairie cimetière », alors que la végétation y est presque luxuriante, demanda Sylvain ?

– Marche et écarte herbes, toi comprendre, répondit Joseph.

Père et fils avancèrent dans les hautes herbes et butèrent assez vite sur des petits monticules de terre, dans lesquels étaient plantées de petites croix de bois abimées, aux inscriptions devenues illisibles.

– Cimetière pour esclaves, dit Joseph. On creusait et jetait corps, dans draps.

– Ce cimetière ne peut rester inconnu, dit Jean-Baptiste ; j'en parlerai au gouverneur lorsque j'irai m'informer sur cette propriété. Allons voir aussi les cabanes.

Ils s'aperçurent en marchant que des traces de roues de charrette apparaissaient entre les herbes et Sylvain remarqua des restes de crottin de cheval.

Adriel en avait assez vu et déclara aller attendre près du canoë ; l'enfant était ému ; un peu pâle et voulait le cacher.

Une échelle de bois branlante permettait d'accéder à la plus proche cabane sur pilotis. Le deuxième échelon céda sous le poids de Jean-Baptiste, mais les autres n'étaient pas encore vermoulus.

– Tu t'empâtes, Papa, ricana Sylvain.

– Rigole, à la suivante, tu passeras le premier.

L'intérieur était très sombre, en dépit de l'ouverture qui donnait sur un petit balcon en bois, dominant le bayou. Aucun lit, ni chaise, juste des restes de nattes, à même le sol.

– Mais, vous pouviez vous échapper par le balcon, s'étonna Sylvain ?

– Si toi nager plus vite alligator.

Père et fils se regardèrent en fronçant du nez.

– J'imagine que toutes les cabanes sont pareilles, s'exclama Sylvain.

Ils atteignirent la cabane la plus en pointe, donnant dans les eaux mêmes du bayou. Leur surprise fut grande d'y découvrir des ballots de tabac.

– Je crois reconnaître ces sacs, dit Sylvain.

– Si Ciccone compte continuer à utiliser cet endroit, ce sera à mon tour de lui tendre un piège. Allons voir aussi la cabane la plus éloignée, ajouta son père.

Joseph attendit assis dans l'herbe, tandis que les Portail allèrent visiter la cabane la plus retirée, n'accédant pas, de ce fait, au bayou.

Soudain un cri parvint de la cabane et Sylvain en sortit en sautant dans l'herbe et en faisant signe à Joseph de venir. Ce dernier grimpa, du mieux qu'il put, l'échelle instable et découvrit Jean-Baptiste, atterré, le regard fixé sur un squelette, en partie couvert par des lambeaux de tissu beige. Les os de la cheville gauche gardaient un anneau de fer, soudé à une chaîne rivée dans une pierre d'un mur d'angle.

– Si c'est encore un homme tué par ce fou qui se sert d'une aiguille pour percer les cous, on ne le sera pas, vu l'état décharné du corps, déclara Jean-Baptiste.

– Non, vêtement femme, dit Joseph, balbutiant.

Il s'agenouilla avec peine devant le corps décharné, en position assise contre le mur, regarda longtemps la petite croix de bois pendant sur les côtes, prit le collier de cuir qui pendait sur les vertèbres du cou et le tourna pour y lire l'inscription.

L'émotion le chavira soudain, et il s'effondra à côté du corps.

– Sylvain, viens m'aider, hurla Jean-Baptiste. Joseph s'est évanoui.

Jean-Baptiste prit à son tour le collier entre ses mains ; l'inscription ne portait qu'une série de quatre chiffres. Il déclara à son fils, qui tapotait les joues de Joseph :

– Assurément, il connaissait bien cette femme, esclave comme lui.

Joseph reprit ses esprits et commença à parler en pleurant :

– C'est Mwamba. Elle, capturée comme moi Congo ; grand amour pour elle. Pourquoi abandonnée là ?

– On ne peut pas la laisser ainsi, dit Jean-Baptiste. On retourne à la Nouvelle Orléans prendre des pelles et des pioches, un drap et on ira l'enterrer correctement, dans le cimetière derrière.

L'abbé Chataud viendra avec nous et dira des prières d'enterrement, si tu le veux.

– Merci beaucoup, M'sieur Jean ; j'ai tant aimé elle.

Adriel, attiré par les cris de Sylvain, était accouru jusqu'à la cabane. Sylvain lui chuchota à l'oreille quelques mots d'explication.

– Toi pas triste, dit Adriel, pouvais pu rien faire.

Et il lui prit la main et le tira vers l'embarcadère.

Le retour se fit en silence et aucun oiseau ou animal aquatique ne perturba ce moment de tristesse.

Telle la Pompadour recevant à Versailles, madame la Gouverneure accueillait les dames de la Nouvelle Orléans, afin d'inaugurer la Maison Jaune, le salon de beauté de la ville.

La grande bâtisse jaune à étage paraissait très haute, en raison d'un rez-de-chaussée surélevé, afin d'être hors inondation ; deux volées de marches desservaient latéralement la grande porte fenêtre où trônait, tout sourire, l'épouse du gouverneur.

Une longue véranda ouverte, habillait le rez-de-chaussée et permettait aux visiteurs de se poser dans des sofas et des bergères, de teintes mordorées.

Concours de toilettes, de chapeaux et ombrelles, d'embrassades esquissées et de sourires de circonstance.

Le pianiste noir du gouverneur, imperturbable, jouait des pièces de Couperin, comme il l'eût fait à l'église Saint Louis, le dimanche.

– Entrez chères amies, entrez, nous vous avons réservé quelques jolies surprises.

Le gouverneur n'avait pas lésiné sur la réfection intérieure.

Boiseries repeintes en vieil or, candélabres astiqués, lustres à larmes de cristal, tapis d'orient, vitres étincelantes : le hameau de la reine à Versailles, mais au bout du monde.

La visite débuta par le salon de thé, permettant aux dames d'attendre leur tour agréablement ; une serveuse noire posait à côté d'un service à thé, blanc et or ; trois tables rondes entourées de chaises Louis XV, à tissu bleu pâle, emplissaient la pièce.

Le premier espace fonctionnel était réservé à la coiffure et la grande Marie-France, vêtue comme une dame, avec une haute chevelure à la pouf, montra ses peignes, ciseaux, rasoirs et brosses, en faisant bien attention à ne pas trébucher du haut d'escarpins inhabituels.

Des bassines d'eau chaude et fumante encadraient des sièges inclinés vers l'arrière et des flacons de shampoing coloré attiraient le regard.

Une visiteuse s'installa en riant sur un siège et fut surprise de constater que le siège était articulé et permettait de baisser la nuque dans une bassine. Peu s'en fallut qu'elle n'y plongeât, mais Marie-France la retint de justesse, d'une rapide glissade, ce qui cassa un de ses talons.

– Merde, pardon, lâcha Marie-France.

On ne retint que l'efficacité du geste.

La seconde pièce était affectée aux soins du visage, des mains et des pieds.

Un meuble à vitrines offrit à leur vue une quantité extraordinaire de petits pots d'onguents colorés et des flacons de parfum ; une des prostituées souriait, un peu gênée, ne sachant rien faire d'autre, que montrer les vitrines.

Mais une odeur laiteuse et douce emplissait la pièce et plusieurs visiteuses s'étonnèrent de passer leurs langues sur les lèvres.

La troisième pièce les surprit plus ; deux hauts lits de camp occupaient le centre de la pièce, recouverts de draps blancs.

Une ancienne prostituée, très robuste, frictionnait ses mains dégoulinantes d'huile : c'était le salon de massage et de nombreuses bouteilles odorantes témoignaient du choix possible de mélanges de plantes et de fruits. Certaines firent penser à du rhum arrangé !

Une dernière pièce, aux murs recouverts de tentures sombres, était affecté à Jasmine, la tatoueuse, qui montrait, sur ses bras et ses chevilles, l'étendue de son art.

Mais ces dames apprécièrent surtout le très robuste indien chacta, qui avait accepté, en pagne, de poser debout contre un dossier de chaise, afin de montrer les motifs très variés de ses bras et de son torse.

Une de ces honorables dames ne résista pas au désir de suivre du doigt le parcours d'une volute, qui contournait ses pectoraux et les mettait en relief.

– On ne touche pas, dit une voix venant du fond de la pièce.

– Vous ici, mère abbesse, s'étonna la visiteuse en rougissant ?

– Je n'éprouve aucune envie de partager des plaisirs terrestres, répondit-elle, apparaissant en pleine lumière ; mais je viens vérifier ce qu'il se passe, étant toujours méfiante avec les nouveautés.

– Il n'y avait pas malice, intervint l'épouse du gouverneur ; lorsqu'un tableau vous émerveille, n'a-t-on pas souvent envie de le toucher ?

Eh bien, mesdames, vous avez vu les différents services qui vous sont proposés et il faudra prendre l'habitude de venir réserver les prestations souhaitées, ainsi que le jour et l'heure.

Mon mari le gouverneur, vous attend à l'étage où une collation vous sera servie.

Les applaudissements furent nourris et chacune s'interrogeait déjà, pour savoir par quel service elle pourrait commencer, même si certaines hésitaient à sortir seule, en raison des crimes commis à la Nouvelle Orléans, depuis quelques temps.

Personne ne parla du coût des prestations ; on était entre gens du monde.

– Eh bien, sieur Portail, comment vont les affaires ?

– Pour l'instant, Gouverneur, elles sont balbutiantes. Je vis sur mes économies, la famille s'est agrandie ; heureusement Sylvain et Colette sont un peu autonomes.

– Une solde d'officier et une dot du roi, en effet. Dois-je vous rappeler que pour la dot, elle est conditionnée à un mariage effectif et il faut y songer pour ne pas compliquer des relations délicates avec les Ursulines.

– Nous avons vécu un épisode un peu traumatisant avec une tribu natchez, qui nous a beaucoup occupé. Vous devez le savoir, puisque votre fils Simon nous a porté main forte, deux indiens vous ont été remis en captivité et une Française a été tuée.

– Je n'oublie pas cela, je vous rappelais simplement un certain engagement. Parlons plutôt de l'avancée de vos travaux pour développer votre entreprise, à laquelle je suis partie, ce qui nécessitera un contrat entre nous. Demandez un projet de texte à mon ex-majordome, il en a les compétences.

– Nous sommes allés voir les locaux de l'ancienne tannerie de la Compagnie des Indes. C'est assez déprimant. Cela fait vingt ans que les lieux sont à l'abandon et ont été investis par la nature, serpents et insectes en tous genres ; mais surtout les tanneurs, avant de quitter l'usine, ont déversé le contenu de leurs cuves et tonneaux dans le bayou trempette. Toute vie a disparu dans les eaux du bayou : ni poisson, ni oiseau dans les arbres, lesquels se meurent à leur tour.

– C'est désolant, mais la compagnie était en faillite et tout ce petit monde a disparu. Si vous pensiez acquérir la bâtisse, je ne sais même pas à qui vous pourriez l'acheter. Les créanciers de John Law en ont oublié l'existence. Il faudrait voir avec maître Gribon, notre notaire, comment trouver une solution qui vous en garantisse l'usage, sans recours ultérieur. La bâtisse et le terrain attenant : il ne faudra pas oublier de payer la taille.

– Il y a le bâtiment fonctionnel en effet et puis les nombreuses cabanes d'esclaves ; elles tiennent encore debout, mais j'avoue ne savoir qu'en faire. Dans l'une d'elles, nous avons découvert le corps d'une esclave abandonnée, encore enchaînée. Joseph, l'esclave que les Ursulines nous ont revendu, la connaissait et nous l'avons enterrée sur place.

– Ah non ! Tous les esclaves, ici, ont été baptisés et doivent être enterrés en terre sainte, dans les cimetières destinés à cet effet. C'est l'article 14 du Code noir.

– Je l'ignorais, Gouverneur, d'autant que nous l'avons enterrée dans le cimetière présent sur place. Il y a bien une trentaine de tombes, portant des croix de bois anonymes, dans une vaste prairie aménagée par les tanneurs, car il a fallu déforester pour créer cet espace.

– C'est invraisemblable ! J'en ignorais l'existence et mon prédécesseur ne m'a jamais parlé d'un droit particulier accordé à la compagnie, pour enterrer les esclaves. Exhumer tous ces corps va être un travail de titan et le lieu est difficile d'accès, même par la rivière alimentant le bayou.

– Derrière cette « prairie cimetière », c'est la forêt ; il y a un chemin, Joseph me l'a montré, qui mène au village de Caroube ; de là une route de terre mène à la voie empierrée desservant la Nouvelle Orléans. Il serait plus facile de faire une percée routière en élargissant ce chemin de façon à accéder au cimetière.

Mon beau-frère, l'abbé Chataud, qui m'a aidé à enterrer chrétiennement l'esclave découverte, me disait que les autorités religieuses ont pouvoir de transformer cette prairie, en cimetière de terre sainte. Et ainsi tous les corps enterrés sur place seraient bénis.

– La création d'un cimetière en Nouvelle France est de ma compétence, mais vous avez raison, nous sommes sur un cas particulier qui nécessite que l'évêque de la Nouvelle Orléans bénisse les lieux. Ensevelir les morts fait partie des œuvres de miséricorde et cela nécessite de respecter des êtres humains, appelés, parait-il, à ressusciter, quels qu'ils soient. Je sens que nous allons organiser une belle cérémonie, et vous y aurez toute votre place, comme l'abbé.

Et dans cette affaire, vous gagnez demain une voie carrossable d'accès à votre tannerie, sans utiliser la voie fluviale. Joli coup !

– Ah, mais je n'ai pas proposé cela à des fins mercantiles personnelles !

– Mon propos n'était pas critique, mon ami, bien au contraire. Vous devenez entrepreneur, il faut savoir tirer parti de toute occasion, pour mener votre négoce. Je vois que vous êtes un honnête homme, fort bien, mais n'oubliez jamais où se trouve votre intérêt. Sur ce, je vais céans à l'église Saint Louis, parler de cette affaire avec l'évêque. Le bonjour, sieur Portail.

Jean-Baptiste sortit du Palais un peu désappointé par la légèreté du gouverneur ; sur l'état désastreux du bayou, aucune réaction et encore moins de solution pour y renouveler le cours de l'eau et y redonner vie.

En revanche il avait bien noté la remarque sur le mariage attendu de son fils avec Colette, mais il était plutôt soulagé de n'avoir essuyé aucune remarque, sur le maintien d'une indienne au sein de la famille Portail.

Quand Jean-Baptiste parvint à la maison familiale, rue de Marigny, des éclats de voix se faisaient entendre, tout particulièrement celle criarde de l'abbé.

– Mais que se passe-t-il ici ? Je ne peux pas m'absenter une heure ?

De toute évidence, l'abbé venait de hurler sur Joseph, lequel restait tête baissée, défendue par Elona toisant l'adversaire, avec l'air méprisant dont elle usait si souvent. Sylvain, Colette, Gad et Adriel les écartaient, comme si les protagonistes allaient en venir aux mains.

– Cet homme est fourbe et pas très catholique, déclara l'abbé ; c'est un animiste !

Jean-Baptiste resta effaré. C'était donc là l'objet du conflit ?

– Tu peux m'expliquer pourquoi ses croyances te mettent dans un tel état ?

– Seuls les hommes ont une âme, répondit l'abbé, pas les arbres ou les poissons. Et nous venons juste, avec lui, de faire un enterrement pour le salut de l'âme de l'esclave qu'il connaissait !

– Chez Chacta, intervint Elona, nature est comme nous.

– Et voilà, l'alliance des amérindiens et des africains pour nous dire qui a créé le monde ! Il n'est qu'un seul Dieu créateur et il n'a doté d'âme que les hommes, pas les maringouins ou l'eau des bayous.

– Moi, croire en Dieu, déclara Joseph, moi baptisé. Mais croire aussi esprits de la nature, force du vent et océan. Alors moi aimer hommes, mais aussi arbres et montagnes.

– Ah il ferait bon, râla l'abbé, qu'on dise aussi que les objets inanimés ont une âme !

– C'est peut-être pour ça qu'on s'attache autant à certains objets, liés au souvenir d'autres personnes, osa Colette.

– Mais cette maison est un foyer d'hérétiques !

– Il faut vous calmer, déclara Gad ; comment pensez-vous évangéliser des indiens si vous ne comprenez rien à leurs croyances préexistantes ? Je n'ai rien entendu ici, qui remette en cause la croyance en Dieu. Est-ce mal de voir Dieu en tout objet vivant ou inanimé ? C'est mal de croire au soleil, à la pluie, au vent ? Au moins eux vous les voyez, vous les sentez ; mais c'est le même Dieu. D'ailleurs, selon la Bible, ils préexistent aux hommes et Dieu n'aurait rien mis en eux, qui lui ressemble un peu ?

– Vous allez me rendre fou avec toutes vos idées. Ça ne reste pas très catholique.

– Sylvain, tu n'as rien dit, si tu as quelque chose à ajouter, c'est maintenant, dit Jean-Baptiste.

– Je crois que mon oncle a besoin de commencer ses périples d'évangélisation ; cela lui apprendra à écouter la parole des autres, s'ils doivent accepter de croire en son Dieu.

Et le mot tolérance est-il interdit ? Veux-tu refaire la Saint Barthélémy avec Joseph, mon oncle ?

– Il aura tout de même fallu qu'ils s'y mettent à cinq, pour te clore le bec, l'abbé ! Bon, explique le fond de ta pensée ; que crains-tu dans cette histoire de croyance que toute chose ait une âme, une trace divine ?

– La croyance africaine dans les esprits de la nature, c'est le vaudou et la magie, ou pire la sorcellerie. Tu vois le risque à présent, pour un représentant du Dieu unique ?

Joseph offrit à tout le monde, un sourire éclatant qui brillait de toutes ses dents, bien qu'abimées par le temps. Il en aurait pleuré de rire.

– Folklore, folklore, folklore, ricana Joseph. Rite interdit par blancs, alors moyen unité entre esclaves noirs. Ça être culture, pas religion, ni magie maléfique.

Et Joseph montra à l'abbé qu'il avait noué, autour de son cou, la petite croix de bois de son amie décédée.

– Je crois que Sylvain avait bien résumé la situation tout à l'heure, dit Jean-Baptiste. Plus tôt tu te seras frotté au monde d'ici, mieux ce sera. Quitte tes charentaises et prends une pagaie !

Le visage sidéré et ahuri de l'abbé provoqua un éclat de rire général. L'affection partagée des membres de ce groupe allait-elle pouvoir dépasser les différences de croyance, de vision du monde ou d'idéologie ?

– C'est quand qu'on mange, demanda Adriel ?

Chapitre 11. Les problèmes familiaux

Colette et Elona faisaient leurs courses au marché de la Nouvelle Orléans.

Poussé par Jean-Baptiste, Elona s'habillait désormais comme toute femme de colon, en empruntant des robes à Colette. Mais elle n'avait plus vingt ans, et se sentait un peu serrée à la taille et aurait préféré des robes et corsages plus colorés.

Elles furetaient au milieu des vêtements féminins proposés par un vendeur de tissus, de robes et de chapeaux, quand elles entendirent deux clientes s'esclaffer en disant :

– Si les indiennes se mettent à porter nos vêtements, qu'allons-nous mettre ? Et demain si on affranchit les négresses, elles enfileront aussi nos jupons pour danser leur horrible musique dans les rues ?

– Pas bien compris ce que femmes dire, chuchota Elona.

– T'en occupes pas, répondit Colette. Ce sont des sottes qui ne veulent pas que le monde change. Il va falloir t'habituer à ces regards en coin, qui réprouvent que tu vives comme les colons français, avec les mêmes vêtements qu'eux.

J'en parlerai à Jean-Baptiste, parce que les rumeurs courent vite ici, dans cette trop petite ville. Alors tu choisis quelle robe ?

Colette ne s'attendait pas à la réponse que fit Elona à très haute voix :

– Moi, vouloir robe et chapeau comme grosses dames !

Glapissement, agitation d'ombrelle et crépitement des talons sur les pavés.

– Vous les avez dégagées en vitesse, dit le vendeur rigolard. De toute façon, ces deux- là, elles m'achètent jamais rien, mais tripotent tous mes tissus. Heu, vous allez pas vous habiller avec des robes de vieilles dames. J'ai des robes espagnoles avec des volants, dans des couleurs vives qui vous iront bien mieux. Venez voir par ici.

Finalement, Elona se débrouille pas mal, se dit Colette, même si elle n'a pas fini d'en entendre. Ils lui feront toujours sentir qu'elle n'est pas de leur monde et Jean-Baptiste va devoir se battre pour elle, s'il veut l'insérer dans cette communauté.

Le vendeur d'articles de mode avait mis à disposition une tente pour essayer les vêtements.

Elona en sortit soudain rayonnante, dans une robe rouge à volants pour danser le flamenco.

– Regarde la gitane, cria un colon à ses voisins, elle est superbe. Et de siffler !

Elona les toisa, mais son sourire laissait penser qu'elle n'était pas choquée de ces remarques peu cavalières. Elle repensait à toute sa jeunesse dans son clan chacta, avec de jeunes guerriers frustres et peu portés sur les compliments aux jeunes filles. Son seul rapport sexuel avait été contraint, un jour de bain dans la rivière et un guerrier l'avait saillie, en la traitant de chienne.

Elle était revenue au village, presque honteuse et avait révélé l'incident à son père, le chef Ectapas. Ce dernier lui avait donné un poignard et l'avait incitée à tuer elle-même celui qui l'avait violée. Elona hésita longtemps avant de décider d'agir ; mais quand la situation se présenta, un soir de fête, elle se rua sur l'objet de sa haine, du moins le croyait-elle, et le voyant au sol, bavant son rhum, la regarder béatement, elle ne put le tuer et lui poignarda seulement le bras. Autrement dit, sa vie de jeune fille s'écoula sans tendresse. A présent, transformée par cette nouvelle vie si différente, elle se sentait beaucoup plus femme. Ses rapports avec Jean-Baptiste lui avaient redonné confiance en elle et sur son pouvoir de séduction. Elle regarda Colette, en souriant, et les deux femmes s'embrassèrent affectueusement.

– Ah non, pas entre filles, bramèrent encore les colons spectateurs.

Elona leur tira la langue et Colette leur fit un vilain geste d'un doigt.

– Je crois que vous pouvez me l'acheter, dit le vendeur, vous ne trouverez pas mieux. Mais il faut y ajouter des souliers à talons, et ce sera parfait !

– Jean-Baptiste m'a confié de l'argent pour ta garde-robe, va pour les chaussures, dit Colette.

Elles ne passèrent pas inaperçues en rentrant à pied, jusqu'à leur maison de maître.

Des « oh » admiratifs les accueillirent, lorsqu'elles entrèrent dans le salon.

Même l'abbé, si peu porté sur les vêtements féminins, reconnut qu'Elona avait très bon goût.

– Faut danser, dit Adriel.

Gad avait toujours un petit banjo sous la main et tenta quelques notes de fandango.

Adriel, se précipita pour faire tourner Elona, bien trop grande pour lui, et la prenant par la taille, éclata de rire en déclarant :

– J'ai tête dans nichons !

Il échappa de justesse à une tape, mais Elona en riait aussi.

Jean-Baptiste arriva sur ces entrefaites et découvrit Elona, dans cette robe d'un rouge éclatant qui mettait sa beauté brune en relief. Après un court instant de saisissement, il se précipita pour la prendre par la taille et valser avec elle, la seule danse qu'il connaissait.

La famille partageait leur émotion et pour la première fois, les vit s'embrasser avec une passion mêlée de tendresse.

Cet instant d'abandon fit que Jean-Baptiste, repensant aux propos du gouverneur, se tourna vers Sylvain et Colette et déclara :

– Il faut penser au mariage, les enfants.

Gad arrêta de jouer et tous regardèrent, éberlués, Jean-Baptiste et Elona.

Ce fut Adriel qui rompit le silence, en jetant sa casquette en l'air et en criant :

– Vive les mariés, Jean et Elona.

Et tous d'applaudir joyeusement.

Elona se douta qu'il y avait un malentendu, mais le quiproquo lui semblait magnifique.

– Toi d'abord demander à moi, dit Elona, d'une toute petite voix.

Jean-Baptiste avait fermé les yeux, conscient de sa maladresse et bafouilla :

– Je pensais à Sylvain et Colette en parlant mariage, mais notre relation ne peut pas rester cachée, sans stabilité, alors que ta présence à mes côtés m'est devenue indispensable. Si tu le veux Elona, je me marierais avec toi, en même temps que mon fils, ce qui est rare.

– C'est vrai, mais c'est un peu gâcher le plaisir de faire deux mariages, plutôt qu'un seul, remarqua l'abbé. J'aime bien faire ces cérémonies, en grande pompe.

– Deux grosses bouffes, c'est mieux qu'une seule, confirma Adriel.

Les deux couples se rapprochèrent et s'embrassèrent, très émus.

L'avenir dirait s'il y aurait deux fêtes d'épousailles ou une seule, était-ce important ?

L'arrivée soudaine d'une sœur ursuline mit fin à ces effusions.

– Bonjour, je suis sœur Constance et je viens jusqu'à vous, dit-elle essoufflée, pour sœur Béatrice. Elle va très mal. La mère abbesse l'a mise à l'isolement, au pain sec et à l'eau. Je crains qu'elle se laisse mourir. La sœur tourière a essayé d'obtenir un adoucissement de la punition, mais en vain.

– Je ne vois guère comment nous pourrions intervenir dans le fonctionnement de votre communauté, dit l'abbé ;

j'ignore la faute qu'elle a commise, mais la sanction laisse penser qu'elle était importante.

– Je crois que c'est en lien avec la vente d'un esclave noir, de valeur sous-estimée.

– L'abbesse grande garce, déclara Joseph. Moi, valais plus ? Et il ouvrit sa chemise pour montrer son dos, portant encore des traces de lacérations.

Colette se précipita, effrayée, pour rhabiller Joseph et en lui disant :

– Je te soignerai, ce soir encore, avec une crème, calme-toi.

– Je ne comprends rien à votre histoire, intervint Jean-Baptiste ; sœur Béatrice serait punie parce qu'elle n'a pas fait en sorte, que j'achète Joseph à un meilleur prix. C'est bien ça ?

– C'est ce que m'a laissé entendre la sœur tourière.

– Il faut que je retourne voir l'évêque de Saint Louis, marmonna l'abbé Chataud. Il a autorité sur la partie monacale de l'établissement des Ursulines et peut exiger de rencontrer toute sœur, membre de la communauté. Je l'accompagnerai, pour constater de mes yeux la situation. Mais je n'ai pas oublié que lors de l'achat de ce pauvre Joseph, les deux sœurs ont échangé des mots plutôt vifs, lorsqu'elles nous ont quittés. L'hypothèse de sœur Constance est très plausible, même si elle me paraît ahurissante.

Mais vous-même, ma sœur, avez-vous à vous plaindre du traitement de l'abbesse à votre égard ou y a-t-il de graves problèmes de fonctionnement ou de discipline ?

– Je me garderai bien de critiquer notre mère ; je ne le peux. Enfin peut-être que la visite de l'évêque, si elle est approfondie, pourrait révéler certaines choses ; mais je n'en sais rien, non, non, non.

L'attitude de cette sœur laissait perplexe son auditoire, et les regards échangés entre les membres de la maison Portail, étaient soit inquiets, soit interrogatifs.

Le visage de sœur Constance n'inspirait pas confiance, en raison de sa façon de ne jamais regarder de face, ceux à qui elle parlait. Une figure ronde et lisse, un peu couperosée, les joues molles et des yeux mi-clos, toujours baissés vers le sol. En revanche le corps était mince, plutôt musclé, bien campé sur ses galoches noires.

– Je me souviens de vous dit Colette ; vous étiez sur la Clepsydre, comme nous.

– Oui, je suis venue avec sœur Béatrice, que j'admire tellement. Comme j'ai vu à quel point elle vous a défendue, lors du bal du gouverneur, je me suis dit que vous pourriez l'aider en retour.

– Sœur Béatrice n'est pas mon amie, mais je lui suis redevable de son attitude, en public, face à la mère abbesse, qui voulait que Sylvain paie le droit de m'épouser. Est-ce que ce n'est pas plutôt cela qui donne lieu à vengeance ?

– Je vois que vous avez tout compris, poursuivit la sœur. L'intervention, ce jour-là, de l'ex-majordome, que je vois parmi vous, justifie aussi ma présence. Elle fera tout ce qu'elle peut pour prendre revanche sur lui, et donc votre famille.

– On y va, dit Sylvain, on défonce les portes s'il le faut, on délivre Béatrice, et on fout la trouille à l'abbesse.

– Sylvain, réagit son père, on n'est pas dans un roman de cape et d'épée. Tu vas enfoncer le portail avec tes petits poings ? Il faut réfléchir à tête reposée, et gérer par étapes nos réactions. D'abord en savoir plus sur la santé de cette sœur à l'isolement, c'est l'affaire de l'abbé ; ensuite mettre les choses au clair avec l'abbesse, peut-être en évoquant la question avec le gouverneur.

– Méfiez-vous, dit la nonne, elle a de très bonnes relations avec le gouverneur.

– Je pourrais en parler à son fils Simon, proposa Sylvain ; il a de mauvaises relations avec l'abbesse qui veut toujours le marier.

– Simon trop nul, pouah, glapit Elona.

– Sa faute, si la Rousse, morte, dit Adriel.

– Oh, la femme de mauvaise vie ? Ce n'est pas grande perte !

– Quelle dureté d'âme tout d'un coup, remarqua l'abbé ! Vous êtes bien peu miséricordieuse !

– Le Christ a souffert dans sa chair pour nous sauver, clama la sœur avec force ; pour mériter le seigneur, voilà à quoi sert la chair de l'homme, pas à se vautrer dans le stupre ou la fornication.

Et elle se signa trois fois, en regardant avec inquiétude tout autour d'elle, comme si Satan rodait dans le salon de cette maison.

– Je crois que nous avons fait le tour de la question, dit Jean-Baptiste. L'abbé fera sa démarche auprès de l'évêque des aujourd'hui. Pour le reste, c'est notre affaire.

Je vous remercie de votre venue et Colette va vous raccompagner ; bonne journée.

C'est dans un complet silence que sœur Constance quitta la pièce. Chacun s'interrogeait sur les motivations profondes de cette femme, tantôt attendrissante par son attention au mauvais traitement subi par sœur Béatrice, et tantôt capable d'une grande sécheresse de cœur.

– Moi, pas l'aimer, dit Elona.

Et chacun pensa partager ce sentiment.

– Dis-moi Gad, déclara l'abbé, je n'ai pas entendu le son de ta voix, pendant cette visite inattendue.

– J'ai eu l'occasion d'observer cette femme, il y a quelques semaines, chez le notaire Gribon, que je connais bien, pour avoir travaillé chez lui, comme clerc adjoint. Elle l'avait interrogé pour savoir ce que l'abbesse possèderait comme terrains et immeubles à la Nouvelle Orléans. Il avait refusé de lui répondre et elle l'aurait menacé avec son crucifix, ce que je trouve étrange et bien peu dangereux. Elle s'était enfuie, toute cauteleuse, avec un drôle de rictus en guise de sourire, quand j'étais entré.

Le notaire était tout chamboulé et m'avait révélé que l'abbesse détient des tas de participations dans des sociétés créées par le gouverneur, sous son nom d'état civil, Jeannette Sauvent. Il faut connaître l'importance de ce lien avec le gouverneur avant d'aller plus avant dans cette affaire.

– J'ai lu, dans un roman, dit Colette, qu'un moine russe avait un crucifix, doté d'un mécanisme permettant de faire jaillir une pointe métallique aiguisée, afin de se défendre.

– Vous faites bien la paire avec Sylvain, dit Jean-Baptiste ; toujours les romans de cape et d'épée ! Vous voyez notre nonne attaquer des hommes avec sa croix de bois ?

– Trois morts ont pourtant été blessés par un poinçon ou une grosse aiguille, fit remarquer Sylvain. Je n'accuse personne, mais la coïncidence est étonnante. J'irai interroger le notaire pour en savoir plus sur les gestes effectués par la sœur avec son crucifix, lors de leur altercation. Pour l'instant je n'ai guère avancé sur ces meurtres.

–Pourquoi trois, demanda Elona ?

– Il y en a bien trois à la morgue de la prison : un marin de la Clepsydre qui pinçait les fesses des filles, le corps trouvé entre les mâchoires d'un alligator et enfin celui qui avait fait danser de force, sœur Béatrice. A ce jour nous n'avons pas su identifier l'homme en partie dévoré.

– Je vais à l'église Saint Louis, déclara l'abbé, pour y rencontrer l'évêque, s'il est là.

Chapitre 12. La maison Portail s'agrandit encore

L'évêque avait décidé de rendre visite à la mère abbesse, en compagnie de l'abbé.

La partie conventuelle de l'établissement des Ursulines datait de l'époque des premiers colons, sous Louis XIV. Il en résultait des bâtiments qui avaient évolué au fil de leur construction : un cloître gothique, des bâtiments fonctionnels dans le pur classicisme à la française et des corniches et toitures de style baroque.

L'évêque et l'abbé parvinrent en calèche au porche monumental du couvent ; l'abbé se chargea d'agiter la cloche, tandis que l'évêque s'était posté juste devant l'ouverture du judas.

Ils entendirent la sœur tourière arriver en râlant et en traînant les pieds, ouvrir le judas, puis glisser sa tête grimaçante devant l'ouverture.

– Oh ! Monseigneur l'évêque et Monsieur l'abbé, je vous ouvre, je vous ouvre.

Elle ouvrit le lourd vantail aussi vite qu'elle pût, baisant la main de l'évêque, saluant l'abbé et soudain s'arrêta en demandant :

– Mais, ce n'est pas le jour des confessions ?

– Non, nous venons nous entretenir avec l'abbesse.

– Ah mais elle est sortie, elle n'est pas ici. Elle bafouillait un peu, embêtée.

 Puis-je vous renseigner en quoi que ce soit, s'il ne s'agit pas d'affaires personnelles.

– Ma sœur, intervint l'abbé, vous étiez venu nous voir, pour vendre un esclave, accompagnée d'une autre sœur, arrivée plus récemment de France.

– Ah oui, sœur Béatrice, pourquoi donc ?

– Ma nouvelle nièce, Colette, voudrait l'inviter à une petite fête, pour la remercier de son accompagnement depuis La Rochelle. Peut-on la voir ?

L'évêque regardait le visage de la sœur tourière se défaire un peu plus de minute en minute.

– Elle doit être en prière ; elle a commencé une neuvaine, voici quatre jours ; revenez dans trois jours, je l'informerai de votre venue.

– Cela suffit ma fille, faut-il vous rappeler que vous devez obéissance et sincérité à votre évêque ? Votre visage indique le contraire de ce que vous nous dîtes !

– Ah Monseigneur, je ne veux pas vous mentir, mais je ne peux vous révéler ce qui est du pouvoir de l'abbesse.

– On me rapporte qu'elle est plus souvent au dehors, qu'à prier avec ses filles. Je ne vais pas attendre, ni devoir repasser dans trois jours. Comment s'appelle cette religieuse ?

– C'est bien sœur Béatrice et là elle est recluse.

– A sa demande ou du fait d'une punition conforme au règlement des Ursulines ?

– La mère abbesse a décidé de la mettre à l'isolement.

– Pour quelle raison, demanda l'abbé ?

– Je ne saurais le dire.

– Je vois qu'on finasse ma sœur, dit l'évêque ; vous savez ou vous ne savez pas ?

– Pour plusieurs faits, je crois ; mais aussi parce que sœur Béatrice a laissé entendre à plusieurs reprises qu'elle avait mission de rendre compte de son séjour en Nouvelle France, auprès de l'abbesse générale de notre ordre.

– Donc cet isolement l'empêche de remplir la mission de son ordre ? J'en ai assez entendu.

J'exige que vous nous emmeniez voir cette nonne dès maintenant.

Et l'évêque avança plus avant dans le couloir menant aux cellules des religieuses.

– Je n'ai pas la clef des cellules d'isolement, déclara la sœur.

– En tant que sœur tourière, vous avez un double de toutes les clefs, afin d'accéder en tout lieu du monastère, affirma l'évêque.

– Sauf pour les trois cellules de pénitence ; la seule clef est détenue par l'abbesse.

– Et lorsqu'elle sort du couvent, elle l'emmène avec elle, s'énerva l'abbé ?

– Grand Dieu, non, la clef doit être rangée dans la cellule de l'abbesse.

– Alors, allons la chercher sans plus attendre, exigea l'évêque.

– Nul n'a le droit de pénétrer dans sa cellule, ce serait sacrilège.

– Que nous chantez-vous là, dit l'abbé, sa chambre n'est pas un lieu saint ! Votre comportement commence à m'échauffer la bile.

Il empoigna le bras de la sœur tourière et lui intima l'ordre de les mener immédiatement chez la mère abbesse.

Leur surprise fut grande de constater que ladite cellule était un vaste appartement comportant un salon, une chambre et un cabinet de toilette.

– On ne se refuse rien, marmonna l'abbé.

La sœur tourière était aussi ébahie, preuve qu'elle n'était jamais entrée dans ce salon, plein de coussins, de bibelots, et de petites sculptures bien peu religieuses.

Un parfum de santal imprégnait les deux pièces, et des bâtonnets d'encens fumaient encore dans une timbale en argent.

Sur un bureau encombré, une bible, trop lourde, s'avéra n'être qu'une boîte emplie de pièces d'or, de quelques bagues et d'une clef rouillée, dont la présence détonnait étrangement.

– Voilà probablement la clef que nous cherchons, dit l'évêque ; mais Dieu, que cette soi-disant cellule me fait mauvaise impression.

Le chemin fut court pour atteindre la cellule qui enfermait sœur Béatrice.

Cette dernière était à genoux en prière, et fut choquée par le rayon de lumière entrant soudain dans cette pièce sans ouverture, qui sentait le renfermé et la malpropreté.

– Sœur Béatrice, dit la sœur tourière, vous avez de la visite.

L'emprisonnée se releva avec difficulté, évitant la lumière directe, cachant ses yeux de ses mains ; elle balbutia, la gorge sèche :

– Qui vient donc à mon secours ?

– L'évêque, et moi l'abbé Chataud.

Nous avons été prévenus que vous étiez maltraitée et cherchions à obtenir des explications de la mère abbesse, mais elle est absente.

– Faisons la sortir à l'air, dit l'évêque ; et vous ma sœur, apportez-lui un verre d'eau.

L'abbé soutint la religieuse sous les aisselles et ils allèrent s'asseoir à l'ombre du cloître.

– Vous avez les joues creuses, remarqua-t-il ; ces
quelques jours de pénitence semblent vous avoir
amaigrie. L'isolement ne consiste pas, selon vos règles, à
affamer celle qui mérite une punition. Mais tout d'abord,
quelle est la cause de ce traitement si dur ?

– Je n'en sais rien, dit la nonne, déglutissant lentement un
peu d'eau sucrée. Je crois que je peux seulement affirmer
une chose : cette femme ne m'aime pas.

– Cela suffit, dit l'évêque, j'en ai trop entendu.

L'abbé, vous emmenez cette sœur, et vous l'hébergez
chez vous.

Sœur tourière, quand vous verrez réapparaitre la mère
abbesse, faîtes-lui savoir qu'elle est convoquée, séance
tenante, à l'évêché, pour éclaircir cette sombre histoire.

Sœur Béatrice, je vous relève de vos obligations
religieuses, le temps de vous rétablir et que j'apporte une
solution à ce conflit avec votre abbesse.

Il lui tendit néanmoins sa bague à baiser, avant de se
retirer hâtivement.

– On va vous bichonner, dit l'abbé, lui-même surpris de
son propos amical. Et vous reverrez Colette et son jeune
époux.

– Ah oui, la jolie Colette ; elle doit être mariée à présent. Attend-elle un enfant ?

– Vous allez trop vite, ma sœur, le mariage est encore à venir ; tiens, vous pourrez même y participer, à présent.

La pauvre, très fatiguée, dodelinait de la tête, en se disant que c'était la première bonne nouvelle depuis longtemps. Sa démarche était encore peu assurée.

– Peste, dit l'abbé, je n'y avais pas pensé tout à l'heure ; l'évêque a dû repartir avec la calèche et la maison des Portail est de l'autre côté de la ville.

La sœur tourière, compatissante, eut enfin une bonne idée :

– Votre neveu, le fiancé de Colette, est officier des gardes du Palais du gouverneur. Je peux y aller, ce n'est pas loin, et il viendra vous chercher avec une calèche. J'y file tout de suite.

L'abbé proposa à sœur Béatrice d'aller patienter sur un rebord de marbre, plus ensoleillé, afin qu'elle se réhabitue à la température chaude de la Nouvelle Orléans et adossée contre le muret, elle ferma les yeux et son visage s'adoucit d'un maigre sourire : elle reprenait vie.

L'abbé se demandait comment la famille Portail allait réagir à cette nouveauté dans la vie de leur communauté. Elona ne verrait pas d'un bon œil la présence d'une autre personne porteuse de croix ; mais la plupart serait compatissant en apprenant son mauvais traitement.

Plus important : si son retour au couvent des Ursulines était compromis, à quoi allait elle s'occuper ?

Il la regardait de biais, à présent assoupie, les mains posées à plat sur sa robe de jute grossier, comme pour peser ses qualités et ses compétences.

Cet épisode douloureux lui ôterait-il un peu de sa raideur ? Formée à obéir à des règles rigoureuses, serait-elle capable d'œuvrer avec d'autres et de prendre des initiatives utiles à leur communauté familiale ?

De fait, l'abbé se demandait si elle accepterait de faire équipe avec lui pour évangéliser des indiens, activité dans un monde ouvert et parfois inhospitalier.

L'abbé rêvassait doucement au soleil, s'interrogeant sur l'avenir, quand soudain le portail du couvent s'ouvrit, grinçant sur ses gonds.

« Ce doit-être Sylvain, avec la sœur tourière, se dit l'abbé, enfin, Dieu soit loué. »

Sa surprise fut de taille en voyant apparaître, au détour d'un pilier, la mère abbesse qui revenait de sa promenade, laquelle fut non moins saisie par le spectacle qui s'offrait à ses yeux ahuris.

– Qu'est-ce qu'elle fiche hors de sa cellule, celle-là, hurla la mère abbesse ? C'est vous qui l'avez faite sortir, l'abbé ? C'est impossible, personne d'autre que moi, n'a la clef ? Vous avez fouillé chez moi ? Vous avez ouvert ma cassette ?

– Nullement, ce n'est pas moi. Et l'abbé attendit un moment avant d'assener son coup. C'est l'évêque et il vous convoque, sans attendre, à l'évêché.

– La sœur tourière vous a laissé entrer chez moi ?

– Sur ordre de l'évêque, bien sûr. Elle est partie chercher une calèche au palais du gouverneur pour ramener sœur Béatrice chez moi, toujours sur ordre de l'évêque. Sylvain Portail aura probablement informé le gouverneur de cet événement.

– Mais c'est une cabale, rugit la mère abbesse, tout cela à cause de cette petite idiote qui se croit investie d'une mission de notre générale abbesse.

Elle éructait, tournait en rond se demandant que faire, crachant de dépit, et soudain elle s'arrêta, les lèvres ballantes, fixant sœur Béatrice avec un regard empreint de haine.

Tout ce qu'elle avait construit depuis des années risquait de s'effondrer à cause de cette femme insignifiante, étroite d'esprit.

Quelle rage monta en elle ?

Toujours est-il qu'elle sortit de sa poche une cravache, ayant passé l'après-midi à pratiquer de l'équitation, et se rua sur la sœur, le bras déjà haut levé.

L'abbé effaré poussa un cri en se levant, mais il était trop éloigné de la sœur, qui s'éveillait au milieu de ce vacarme, quand soudain, apparaissant de derrière un pilier du cloître, sœur Constance se dressa face à la mère abbesse, un lourd bâton de pèlerin à la main, pointe ferrée en avant.

– Décidément, elles font la paire, ces deux-là, cria la mère abbesse en donnant des coups de cravache inutiles sur le bourdon. Elle était épuisée de son propre énervement, soufflant très fort, les bajoues rouges et dilatées.

Dans ce court moment d'apaisement, se fit entendre la faible voix de sœur Béatrice :

– C'est sûr qu'on fait la paire, nous n'avons pas le même père, mais bien la même mère.

L'abbé saisit la cravache des mains de la mère abbesse et se retint de lui en donner un coup ; « je crois que j'y aurais trouvé plaisir, se dit-il ; il faudra que je m'en confesse auprès de l'évêque ; mais je regrette encore de ne pas l'avoir fait ! »

Sur ces entrefaites, Sylvain arriva enfin avec la sœur tourière et prit vite conscience de la tension entre les différentes personnes, debout au milieu du cloître.

– Tout va bien, demanda-t-il, pour s'assurer que le calme présent était durable ?

– Pas de blessé, confirma l'abbé, mais il faut décider de ce que l'on fait de la mère abbesse ; elle est convoquée à se rendre chez l'évêque, mais je me doute qu'elle n'ira pas.

– Elle prend la place de Béatrice dans la cellule d'isolement, déclara sœur Constance avec force ; vous donnerez la clef à l'évêque. Cette folle ne peut pas continuer à régenter cet établissement et de toute façon, on ne la voyait que le soir au souper ; c'est la sœur tourière qui organisait notre vie quotidienne.

Aussitôt, la mère abbesse voulut s'échapper, mais ses grosses jambes avaient peu de chance de prendre Sylvain à la course. L'abbé prêta main forte à son neveu et la mère abbesse se retrouva à l'isolement, en dépit de ses hurlements.

– Ce soir, dit sœur Constance à la sœur tourière, tu lui donnes du pain bien dur, qu'elle le trempe longtemps dans l'eau pour arriver à le mâcher.

– Moi, j'avais de l'eau, mais pas de pain du tout, avoua sœur Béatrice ; elle est mieux traitée que moi.

– Quelle saloperie cette femme, grommela Sylvain ; bon, je ramène qui en calèche ?

– Je crains qu'on ne doive héberger deux nonnes ce soir, dit l'abbé.

– Entrez, entrez, dit maitre Gribon, racontez-moi ce qui vous amène.

Le notaire prit aussitôt une feuille de papier, une plume fraichement taillée, et regarda avec attention, la plume levée au-dessus de l'encrier, le fils Portail et son père.

– Nous nous intéressons à un terrain et une bâtisse abandonnée par la compagnie des Indes, au lieu-dit, Bayou trempette. Mais auparavant, Sylvain veut vous interroger dans le cadre de sa fonction d'officier de la garde du gouverneur.

– Nous avons reçu témoignage d'un incident que vous auriez vécu avec une nonne ursuline, venue vous poser des questions sur les biens dont la mère abbesse serait propriétaire. Racontez-moi précisément, ce qu'il s'est passé.

– Je me rappelle bien en effet ; elle est arrivée très énervée et exigeait voir des actes de propriété. Chaque client doit bénéficier du secret de son notaire, pour toutes les opérations réalisées dans mon cabinet. J'ai donc refusé de lui donner, même la plus modeste information. Elle est devenue très colérique et m'a menacé. Et elle est repartie aussitôt.

– De quelle menace s'agissait-il, maître ?

– Oh, c'était étrange, elle m'a menacé avec son crucifix en bois, pendu à son cou.

– Oui, mais quel geste a-t-elle fait pour que ce soit menaçant ? Elle voulait vous frapper avec ? Ou est-ce que sa croix recelait une pointe qui aurait pu vous blesser ?

– Ah, pas du tout. Elle a simplement tenu sa croix bien droite devant mon visage, comme si j'étais le mal incarné, comme ferait un exorciste pour un être maléfique. Cela m'a fait peur sur le moment, mais tout compte fait, c'était un peu ridicule.

– C'est une religieuse sans réserve et très nerveuse, mais je préfère votre version des faits. Gad craignait qu'elle ne vous ait fait violence.

– Non, tout va bien, et j'avais déjà oublié cet incident. D'un autre côté, son entêtement à connaître la richesse immobilière de la mère abbesse, a de quoi interroger.

– Dans les temps à venir, vous serez peut-être interrogé sur ce point par l'évêque de la Nouvelle Orléans, voire par le gouverneur.

– Je ne pense pas que le gouverneur vienne me questionner sur les propriétés de l'abbesse, car elle ne fait que s'associer aux sociétés commerciales qu'il construit. Mais je reste à disposition de l'évêque pour répondre à ses interrogations.

Revenons alors à notre affaire de locaux affectés au tannage de peaux, si j'ai bonne mémoire.

– Je voudrais savoir, dit Jean-Baptiste, qui est propriétaire des lieux, depuis la faillite de la compagnie ; et si cela s'avère difficile à déterminer, comment acquérir, sans risque de contestation, le terrain et les bâtiments, mais pas le cimetière, bien sûr.

– J'ai appris cette sombre histoire, en effet. La remise en état du cimetière nécessitera la protection du site, et donc une clôture et une porte d'entrée. Il en résultera que la ville va aussi devoir acquérir le terrain du cimetière, et le gouverneur se pose la même question que vous. J'ai commencé des recherches, localement, mais sans succès. Il va donc falloir questionner un notaire de la métropole, pour savoir s'il reste des créanciers vivants, et concernés par ce seul terrain, construction, forêt avoisinante et voie d'accès.

Si vous attendez une réponse de la France pour commencer votre atelier de tannage, je pense qu'il vaut mieux, alors, vous orienter sur un autre artisanat !

– Donc que faire sans attendre, pour être garanti contre tout recours ?

– Eh bien, nous allons rédiger un acte, par lequel on constate qu'à ce jour, le bien que vous convoitez est sans propriétaire connu, que de ce fait, vous ne pouvez l'acheter, mais que pour une livre symbolique, il vous en est attribué l'usus, ce que vous souhaitez. Vous vous engagez à ne pas dégrader les lieux et les bâtiments, en revanche, toute amélioration apportée serait à déduire de la valeur de rachat, si un quelconque propriétaire venait à se faire connaître.

Vous n'en avez pas le fructus, et ne pouvez louer tout ou partie des constructions ou terrains attenants.

Donc vous pourrez démarrer votre entreprise de tannage, dès signature de l'acte.

– C'est parfait, dit Jean-Baptiste, un droit d'usage me suffit amplement.

– Je dois d'autre part vous informer que vous avez un concurrent tout récent. Monsieur Claude Ciccone est venu en mon cabinet pour faire enregistrer sa création d'une entreprise de négoce, en toute matière, dont les cuirs et peaux. En revanche, il n'a pas fait connaître le lieu d'exercice de son activité ; c'est peut-être trop tôt.

– C'est une canaille, dit Sylvain, c'est lui qui avait organisé la capture de mon père par des indiens natchez, afin de les vendre captifs aux anglais. C'est aussi un trafiquant de tabac.

– Cela sort de mes compétences, répondit le notaire. La pire des âmes les plus sombres peut faire enregistrer ses biens de propriété, la loi ne prévoit pas de le lui interdire.

– Nous avons trouvé dans une cabane au bord du bayou, des balles de tabac, souligna Jean-Baptiste ; je crois que vous venez de nous révéler, où il pense s'installer sans rien déclarer et faire aussi de la contrebande de peaux, avec les indiens alliés des Anglais.

– Alors bon courage, pour votre départ dans cette activité, souhaita le notaire.

– Pour ma part, je crois que mon rôle d'officier de la garde du gouverneur, va me mener à surveiller ce gredin avec une grande attention. Merci de vos conseils maître Gribon.

Ils reprirent le chemin de leur maison, laquelle hébergeait maintenant, un esclave noir et deux bonnes sœurs.

– Il va falloir bientôt se transformer en hôtel, dit Jean-Baptiste, si ton oncle ramène toutes les nonnes en perdition qu'il rencontre.

– Je n'ai pas bien compris pourquoi, il a voulu aussi que sœur Constance accompagne sœur Béatrice. Tu crois qu'il y a quelque chose entre elles ?

– Ah oui, elles sont sœurs.

– Je sais bien que ce sont des sœurs, réagit Sylvain, ce n'est pas un argument.

– Arrête-toi de marcher, Sylvain, sinon ce gag va durer. Nos deux sœurs sont sœurs !

– Heu, c'est ce qu'on appelle une tautologie ?

– Et toi tu es atteint de comprenette difficilette ! Elles ont la même mère. Ça y est, tu saisis ?

– Bah oui, même couvent, même mère abbesse. Mais que j'ai zire de cette bonne femme !

– Oh, mais c'est pas possible, Sylvain ; elles sont sorties d'un même ventre, tu comprends ?

– Ah ! Les deux nonnes sont nées d'une même mère ? Je comprends mieux quand on s'exprime clairement en français.

– Ton indépendance matérielle récente ne doit pas te faire oublier le respect dû à ton père.

– Heu, on va se fâcher pour deux bonnes sœurs dont on se contrefiche, Papa ?

– Tu as raison, on est un peu à cran ; viens, rentrons nous reposer.

C'est bras dessus, bras dessous, que le père et le fils rallièrent leur domicile, en pensant chacun, à la douceur de la femme qui les accueillerait.

Chapitre 13. Au bayou trempette

Il y avait foule pour bénir le cimetière des esclaves de bayou trempette.

Le ciel était radieux, le soleil non encore au zénith et l'humidité tolérable.

L'accès par la forêt avait été dégagé et une procession avait été organisée, depuis le village de Caroube, accueillant une foule bigarrée et multiethnique.

En tête, les notables de la Nouvelle Orléans entouraient l'évêque et le gouverneur, suivaient ensuite les colons curieux de connaître ce nouveau lieu, puis quelques indiens portant des fleurs et des plantes, et enfin des serviteurs noirs, anciens esclaves, avec des colis.

La prairie cimetière avait été tondue à la faux, afin de faire apparaître les trente-trois tombes, dont celle récente, creusée par les Portail.

En amont du cortège, marchaient en chantant quelques enfants de chœur guidés par l'abbé Chataud et la sœur tourière, et un petit orchestre ambulant, jouait des airs de béguines avec des banjos, des clarinos[19] et des cors de chasse ; l'ensemble était un peu gai et criard.

Mais la bénédiction d'un cimetière est une fête pour les morts et non une oraison funèbre.

Lorsque le cortège parvint aux premières tombes, chanteurs et musiciens s'écartèrent et l'évêque s'avança pour sanctifier le sol.

Accompagné d'un jeune servant de messe portant un seau d'eau, l'évêque armé d'un grand bouquet de marjolaine, commença à faire le tour du cimetière abandonné, trempant le bouquet dans le seau pour disperser, tout le long, des gouttes d'eau bénite.

Tout en marchant, l'évêque prononça à haute voix les paroles suivantes :

– Purifie-moi avec l'hysope[20] et je serai pur, lave-moi, et je serai plus blanc que neige.

Après avoir parcouru le tour complet du cimetière, l'évêque, leva les bras bien haut pour implorer le ciel :

– Seigneur Dieu, nous t'implorons pour que ce cimetière soit exempt de toute vilénie d'esprit impur. Que les corps

---

[19] Clarino : petite trompette
[20] Hysope : plante buissonneuse utilisée pour purifier

enterrés ici puissent y trouver la paix. Et lorsque les trompettes des anges sonneront, faîtes que ces fidèles, qui ont été baptisés et ont été abandonnés dans ce cimetière, soient récompensés, corps et âmes, dans le Ciel.

Puis, reprenant son bouquet, l'évêque s'avança au milieu des tombes pour bénir chacune d'entre elles.

Le petit enfant de chœur tentait, devant chaque tombe, d'ânonner le nom inscrit sur chaque croix, effacé en partie ou totalement illisible, sans renverser de l'eau bénite, et l'évêque se surprit à sourire en voyant les efforts de l'enfant pour donner sens, à des inscriptions qui n'en avaient plus depuis longtemps.

A l'issue de ce parcours, l'évêque alla rejoindre la tête du cortège et prit la parole pour une troisième fois :

– Dieu, nous te prions humblement de sanctifier, purifier et bénir ce cimetière où les corps de tes serviteurs reposent, après une vie de terrible labeur. Pardonne, dans ta grande miséricorde, les péchés de tes fidèles, qui attendent impatiemment le son des trompettes des anges.

Et sur son geste, les joueurs de clarino et de cor soufflèrent dans leurs instruments, de toute leur force, et les participants furent pris de tremblement, ressentant des vibrations dans tout le corps, comme si le jour du jugement dernier était arrivé.

Un grand silence s'ensuivit ; le pire des agnostiques serait tombé en prière.

– C'était une belle cérémonie, déclara le gouverneur, un verre de rhum à la main.

Il regardait avec admiration la « Compagnie Portail », agrandie d'une indienne, d'un esclave noir et de deux nonnes.

– Le côté trompettes de Jericho était peut-être excessif, concéda-t-il, mais ainsi tous les participants s'en souviendront.

J'ai invité le médecin-dentiste de la Nouvelle Orléans, qui remplit aussi les fonctions de chirurgien légiste, à se joindre à nous, parce qu'il a des informations importantes à communiquer à Sylvain.

L'homme s'avança, vêtu de noir, du chapeau aux chaussures, retira un monocle avant de s'exprimer, avec une voix grave :

– Messieurs, j'ai pu identifier le mort qui avait été attaqué par un alligator : c'est un certain Gaspard

Loiseau ; j'y suis parvenu en raison d'une fausse dent en corne de cerf, que je lui avais implantée voici quelques années. Il s'agissait d'un homme irascible, prompt à sa battre, connu dans toutes les tavernes de la ville pour soulographie et dégradations du mobilier.

Je trouve étrange d'ailleurs, que mon constat moral vaille aussi pour le corps de l'autre homme, assassiné dans les jardins du gouverneur ; l'état de son foie mériterait d'être rapporté dans les facultés de médecine française. Un chef d'œuvre de cirrhose, d'une couleur brun rouge, comme on en trouve dans les tableaux de François Boucher ; vous devriez venir voir.

Bref, nous avons donc deux piliers de cabarets, dans ma cave d'autopsie.

Quant au marin, qui est aussi décédé d'une piqûre, je peux préciser qu'il s'agit bien d'une perforation de profondeur et de circonférence identiques aux deux autres cas.

Sa corpulence, une forte couperose du visage et ses tatouages nombreux, laissent penser qu'il devait aussi apprécier la bouteille, les bas quartiers de la ville et les plats épicés.

Voilà tout ce que je peux vous dire de mes trois ivrognes.

– Merci beaucoup, docteur, dit Sylvain, vous éclairez notre enquête d'un jour nouveau.

– Il serait toutefois surprenant, dit le gouverneur, que nous ayons un « père la vertu », qui dans l'ombre, exécute des hommes au motif que ce sont des ivrognes. Quant à l'arme utilisée de type petite pointe effilée, je me demande si c'est une arme d'homme ? Cela dit, bien des ouvriers utilisent des poinçons dans divers métiers, tiens, notamment pour percer le cuir.

– Je ne peux guère vous aider plus avant, dit le médecin ; toutefois j'ai remarqué que le dénommé Loiseau avait du gravier sous les ongles et il n'y a pas de gravier dans les bayous. Le corps a donc dû remonter le fleuve avec la lame qui a tout emporté, lors de la tempête tropicale. Maintenant je ne saurai dire d'où provient ce gravier.

Pendant ce temps les processionnaires s'égayaient au milieu du cimetière et l'abbé Chataud dut chapitrer quelques enfants du village de Caroube, qui prenaient leur élan, en criant, pour sauter à pieds joints au-dessus des tombes.

Quelques dames essayaient à leur tour de déchiffrer les inscriptions délavées sur les croix et l'une d'entre elles prétendit avoir reconnu le nom d'un de ses esclaves. Elle prit une des plantes fleuries que les serviteurs indiens avaient apportées et l'enfonça dans la terre meuble à coup de talon.

– Déposez toutes les fleurs au hasard sur les tombes, dit l'évêque, c'est un témoignage de deuil pour tous.

Ces dames se désintéressèrent soudain des tombes de leurs esclaves.

– Alors, c'est donc le bâtiment voisin que vous voulez occuper, demanda le notaire à Jean-Baptiste ? Il y a du travail de remise en état, il me semble.

– Ça ne me fait pas peur, répondit-il, et nous avons de plus en plus de bras. Joseph qui va m'apprendre la tannerie et les deux nonnes qui sont douées pour passer le balai.

Le temps passa et bientôt la compagnie Portail se retrouva seule.

Une visite des lieux fut organisée pour les deux sœurs qui n'y étaient jamais venu ; il ne restait plus qu'à ranger les timbales et les bouteilles vides, qui avaient été laissées par les serviteurs noirs du gouverneur. Et ce fut le retour au domaine de la compagnie Portail.

– Que tirer des informations du médecins, se demandait Sylvain ?

– J'agrée les propos du gouverneur, dit son père ; on n'assassine pas des hommes au seul motif que ce sont des ivrognes. Peut-être faut-il s'interroger plutôt sur les débits de boissons alcoolisés et chercher quelle autre activité ou trafic s'y opère.

– Les troquets sont des lieux de perdition, intervint sœur Constance ; on y trouve des femmes de mauvaise vie et aussi de nombreux jeux d'argent, qui sont souvent cause de violence.

– Comment savez-vous cela, demanda Sylvain ; il vous arrive de vous y rendre ?

– Nullement pour consommer, répondit-elle, mais pour essayer de remettre certains hommes dans le droit chemin.

– L'accueil doit être peu chaleureux, ironisa Colette.

– Parfois accompagner pour protéger, intervint Joseph en montrant ses poings. Certains très agressifs, avec coupe-coupe. Bagarres dehors, le long du fleuve.

– Mais vous n'aviez pas peur, demanda Colette à la nonne ?

– Dieu me soutenait dans cette épreuve ; une fois tout de même, j'ai chu d'une chaise, pour éviter un homme ivre qui allait me tomber dessus. Le tenancier m'a donner un petit verre de rhum pour me remettre et après tous ses clients se sont mis à hurler des chansons de marins et voulaient que je chante avec eux. Je me suis enfuie sous leurs rires, je m'en souviens encore.

C'est parmi eux que, ce soir-là, j'avais reconnu mon demi-frère, Paul, qui a bien mal tourné. En France, il a fait plusieurs fois de la prison pour violences.

– C'est aussi un frère de sœur Béatrice, demanda Colette ?

Celle-ci répondit qu'elle n'avait jamais eu de frère, et qu'elle le regrettait bien.

– Oui, confirma sœur Constance, Paul et moi, avons seulement le même père.

– Et il s'appelait comment votre père, demanda Jean-Baptiste, bien que peu intéressé par l'objet de leur conversation ?

– Ciccone, répondit la sœur, c'était un Italien de Sardaigne.

Les Portail se regardèrent effarés de cette révélation.

– Vous aimez ce demi-frère, demanda soudainement l'abbé ?

– C'est un malandrin que je côtoie peu ; parfois les liens du sang sont un problème, une tache que vous ne pouvez faire disparaître, mais je l'évite. Pourquoi a-t-il pris le même bateau que moi pour venir en Nouvelle France, je l'ignore.

– Je crois que c'est préférable pour notre cohabitation, poursuivit l'abbé ; cet individu avait organisé notre enlèvement avec des indiens, pour nous échanger contre une rançon.

– Son seul moteur, c'est l'argent, confirma la nonne. A Paris, il jouait aux dés, aux trois cartes, et à des loteries comme le tourniquet. Et comme c'est un mauvais perdant, l'issue de ces parties, était souvent brutale. Notre père l'avait abandonné et je ne le voyais plus.

– Rentrons dîner, dit Colette, ce soir Elona nous a cuisiné des plats de chez elle.

– Miam, dit Adriel et il éclata de rire en voyant la mine renfrognée de l'abbé.

– Pas trop épice, pour gros ventre blanc, déclara Elona, avec une fausse candeur dans le regard.

Chapitre 14. Ainsi va la vie

— Tanin avec écorce pas prêt, dit Joseph ; on va tanner peaux de cerf avec cervelle.

Adriel écoutait ébahi, ce que Joseph lui apprenait. Ces deux-là comblaient leur manque de parenté réciproque ; l'un était orphelin et l'autre n'avait jamais eu d'enfant. Ils s'étaient agrégés l'un à l'autre, tout naturellement, alors que leurs ethnies, leurs religions, leurs âges, leurs vécus, tout les aurait maintenus éloignés.

— Dégueulasse, ta cervelle, commenta Adriel.

Joseph avait jeté de la cervelle encore sanglante, dans une vaste cuvette, avec un peu d'eau, et cela bouillonnait sur un four à bois.

— Mélange avec cuillère bois pour faire bouillie ; beaucoup tourner.

Joseph prit une des peaux de cerf, étirée et clouée sur un cadre de bois. Il commença à enduire la peau avec la bouillie de cervelle, en frottant pour bien pénétrer dans le cuir.

– Maintenant, on détache la peau et on la roule, dit Joseph. Laisser reposer et attendre décomposition cervelle. Ça pue beaucoup ! On laisse ici deux jours et après remmener à maison Portail pour sécher et assouplir.

– Après je sais, dit Adriel, Elona fait du fumage dans petit tipi, avec écorce et herbe verte sur braises, pour faire beaucoup fumée.

– Oui, c'est bien, chacun apporter savoir-faire.

– Et moi, je transporte les peaux en canoë, je pagaie vite, dit fièrement Adriel.

– Jean-Baptiste veut pas nous jeter restes cervelle dans bayou ; falloir creuser fosse à côté cimetière.

– Boulot de costaud, dit Adriel, pour Sylvain ou son père.

– Eux repartir acheter peaux sur Mississippi avec abbé et sœurs, dit Joseph ; nous creuser avec pelles, comme grands. Et il montra ses biceps en ouvrant sa chemise.

– Je suis bien avec toi, dit Adriel en souriant, et pour la première fois, il entoura la taille de Joseph avec ses bras, et ce dernier, heureux, lui mit des petites tapes sur la tête.

– Vieux nègre et petit métis, dit Joseph, mais affaire qui marche !

Et ils prirent un réel plaisir à en rire ensemble.

Pendant ce temps, l'abbé Chataud, accompagné de ses deux nonnes, rendait visite à un village Chacta, que Elona lui avait indiqué, sans mauvaise intention.

Le dialogue, hélas, n'avait pas bien commencé.

– Pourquoi nous rendre visite, homme en noir, demanda le chef de la tribu ?

L'indien en imposait par sa stature, mais aussi par le plastron coloré qui gonflait son torse et deux plumes rouges et blanches qui ornait ses cheveux noirs, teintés de gris.

– Nous venons en paix, parler de notre Dieu, qui a créé le ciel, le soleil, la terre et les hommes. C'est un Dieu de bonté et qui aime tous nos frères.

– Moi, pas ton frère ; alors ton Dieu m'aime pas ?

– Si, si, nous sommes tous frères, pour notre Seigneur Jésus Christ.

– Toi dire que Natchez et Chipayas sont aussi frères ? Eux tuer beaucoup de mes vrais frères. Toi, vieux fou imbécile.

L'indien prit une petite masse en bois posée à ses côtés et en frappa assez violemment le crâne de l'abbé, qui en fut tout étourdi.

– C'est pas bien, lui bobo, intervint sœur Constance en colère.

Les quelques indiens, assis auprès du chef, hurlèrent de rire en répétant « bobo, bobo ».

Sœur Béatrice tapotait les joues de l'abbé pour le sortir de sa torpeur, consciente que la situation devenait délicate.

– Il s'exprime mal, tenta la sœur, pour excuser les premiers mots ; il veut dire que ceux qui croient en son Dieu sont tous frères et c'est pourquoi il vous invite à adopter notre religion, et notre Dieu vous défendra.

– Ah ! Ton Dieu, plus fort que totem dédié au ciel ?

– Notre Dieu a créé le ciel, l'abbé vous l'a dit. En somme, votre totem rend déjà grâce à notre Dieu, à votre façon.

– Alors ça rien changer, constata le chef. Il faut faire quoi pour être avec ton Dieu ?

– Il faut que je vous baptise avec l'eau de la rivière, pour vous purifier, dit l'abbé ayant repris ses esprits. Ensuite il faut prier et reconnaitre tous les bienfaits que la nature t'accorde au nom de Dieu. Et surtout observer les préceptes de l'évangile, la parole divine de la Bible.

– Moi, me baigne tous les matins dans la rivière, je remercie le ciel pour chaleur du soleil ou pluie ; la différence, je lis pas ton gros livre moche. Et ne ferai jamais, je sais pas lire.

Nouveaux éclats de rire de l'assemblée ; tout le village était groupé autour d'eux, y compris les enfants qui jetaient de petits cailloux sur l'abbé, de plus en plus irrité.

L'atmosphère restait calme cependant ; les hommes chiquaient des champignons dont ils crachaient par moment un infâme jus jaunâtre et les femmes, debout, fumaient de très longues pipes de tabac blond et opiacé.

– Il ne faut pas non plus mettre Dieu en colère, dit l'abbé sur un ton qu'il voulait menaçant ; il est le maître de la foudre et des éclairs ou de la tempête qui refoule l'océan dans le Mississippi. Mais il sait te protéger, si tu crois en lui et que tu lui rends grâce.

Le souvenir de la dernière tempête tropicale était encore dans leurs esprits et le chef garda le silence, tête baissée, repensant aux dégâts que sa tribu avait subis.

L'abbé n'était pas peu fier d'avoir clouer le bec au vieux chef.

Mais plus loin, une scène plus embarrassante impliquait sœur Béatrice et un indien éméché.

Il avait envie de la caresser, Dieu sait pourquoi, et elle se mit à courir en poussant de petits cris, pour lui échapper, sous les rires des femmes indiennes.

L'abbé continuait à essayer de convaincre le grand chef de se faire baptiser, ignorant ce qu'il se passait dans son dos.

Sœur Constance partit à son tour, à grandes enjambées, pour porter éventuellement secours à sa demi-sœur.

Cette dernière était en effet en mauvaise posture, bloquée contre un arbre, la robe retroussée par les mains insistantes de l'indien. Elle se débattait, muette, tellement elle craignait cet homme, en manque de chair.

Il ne vit pas venir dans son dos, sœur Constance, rouge de colère, un bras levé qu'elle abattit sur la nuque de l'indien, qui chuta sous le regard étonné de la sœur maltraitée, et ne bougea plus.

Les deux sœurs restaient figées ; l'une prostrée, encore choquée de cette agression et l'autre excitée, tremblante, mais satisfaite d'avoir neutraliser ce sauvage en rut.

L'abbé inquiet de leur disparition s'était aventuré entre les tipis, pour retrouver ses nonnes et les découvrit dans les bras l'une de l'autre, en grande émotion, le corps de l'indien à leurs pieds.

– Qu'avez-vous fait, demanda l'abbé effrayé ? Il faut s'en aller vite fait, sinon nous allons passer un mauvais moment. De toute façon, je n'arrive pas à les convaincre.

Tout en tirant les sœurs pour qu'elles se mettent en marche, l'abbé jeta un œil sur l'homme à terre, et son regard se porta sur une trace sanglante et fine au niveau du cou.

Il était ivre, pensa l'abbé ; elles l'ont bousculé pour s'en délivrer et il a dû se blesser en tombant. Il faut nous enfuir avant que d'autres indiens le découvrent.

L'heure n'était pas à perdre du temps.

– Nous repartons, dit l'abbé en poussant les deux nonnes devant lui ; j'avais prévu de vous apporter des cadeaux, mais je les ai oubliés. Nous reviendrons demain.

Les indiens, fort heureusement, ne bougèrent pas d'un pouce et pensèrent que les hommes blancs étaient bien étranges. Seuls les enfants les suivirent en leur jetant des cailloux.

Les trois religieux sautèrent dans leur canoë et pagayèrent en silence, mais en tirant bien fortement chaque pelletée d'eau, pour fuir le plus loin possible.

–Je ne suis pas près d'évangéliser cette peuplade, marmonna l'abbé.

La pauvre Béatrice, en revanche, ne savait que penser, ayant de l'admiration pour sa sœur venue la secourir de l'indien en chaleur, mais se demandant comment elle avait pu lui faire perdre connaissance aussi rapidement. Avait-elle appris des arts martiaux, lors de la mission passée au Japon, il y a quelques années ?

Constance, elle, ne pensait pas. Elle s'était calmée, assurée d'avoir fait ce qui était nécessaire pour défendre le faible contre le fort.

L'entreprise de tannage « Compagnie Portail » prenait forme.

Jean-Baptiste et son fils avaient nettoyé, lavé, plâtré, peint et remplacé les portes, fenêtres et ventaux en bois, abîmés par la moiteur du climat. L'intérieur avait perdu, à grands coups de balais, les milliers d'insectes rampants qui s'y étaient installés et la fermeture de tous les huis garantissait contre toute entrée de serpents.

– Il faut aussi qu'on arrive à nettoyer et aérer ce bayou, en l'alimentant en eau courante, dit Jean-Baptiste.

– L'Atchafalaya ne coule quasiment plus, répondit Sylvain ; une solution serait de creuser un petit canal reliant directement le bayou au Mississippi. Une série de petits marais et de cuvettes d'eau se succèdent et devraient nous permettre de réaliser cette jonction, sans trop de difficultés. On a des pelles et des pioches et la terre retirée nous permettra de faire une petite digue, servant de tampon que l'on fera sauter avec de la poudre noire, lorsque l'arrivée de l'eau sera assurée. Ensuite le flot reprendra le cours aval de l'Atchafalaya.

– Cela nous fera quelques journées de travail, mais nous aurons ensuite un environnement plus sain. Je tousse ici, alors que je n'ai jamais ce besoin à la maison.

– Il est probable aussi que des poissons s'aventureront par ce canal et redonneront vie au bayou, dit Sylvain. Dans quelques temps, on pourra même pécher à partir d'une cabane.

Par automatisme, ils regardèrent les cabanes qu'ils avaient un peu rafistolées, notamment en réparant les échelles d'accès.

Leur surprise fut grande de voir une ombre qui se déplaçait à l'intérieur de l'une d'entre elles.

– Il n'y a aucune raison pour que Joseph soit allé là-bas ou Adriel ; je n'aime pas ça, j'y vais avec la machette, déclara Jean-Baptiste.

– Je t'accompagne avec cette masse, déclara Sylvain. On n'a pas fait tout ce travail de réfection pour que n'importe qui s'y installe.

Les deux gaillards ainsi armés, se faufilèrent entre les herbes, sans faire de bruit, afin de surprendre cet occupant imprévu.

Ils avançaient aux aguets, guettant le moindre bruit et s'assurant qu'aucun mouvement n'était détecté au sol, sous la cabane.

Ils s'aperçurent, en approchant, qu'un canoë était caché dans les fourrés, à quelques coudées de la cabane. Quand ils parvinrent sous la cabane, entre les pilotis, ils entendirent de faibles bruits de pas au-dessus, et quelques frottements de sacs tirés au sol.

– Je pense à quelqu'un, chuchota Jean-Baptiste. Et son visage se durcit soudainement, refrénant sa colère naissante.

La montée des barreaux de l'échelle se fit sans bruit, les éléments vermoulus ayant été changés. Jean-Baptiste courbé, se releva au dernier moment pour bondir dans la pièce.

L'homme, penché en avant sur un ballot de tabac, se retourna surpris.

– J'en étais sûr, crapaud, que c'était toi, cracha Jean-Baptiste.

Paul Ciccone se redressa, dégainant un pique-feu en métal, prêt à se battre.

Sylvain entra à son tour, contournant son père, pour se positionner, dos au balcon de bois surplombant le bayou.

– On était voué à se retrouver après le piège tendu à Bâton Rouge, dit Jean-Baptiste. Maintenant réfléchis bien ; on sait que tu as tué trois hommes en règlement de comptes après des jeux d'argent, dans des estaminets des bas quartiers de ville.

– Qu'est-ce que vous racontez ? Je reconnais vous avoir vendu à des indiens natchez, mais il n'était pas question de vous tuer. Je suis un joueur invétéré, en effet, mais pas un meurtrier. J'ai besoin d'argent, c'est tout. Qui sont ces trois hommes dont je serais l'exécuteur ?

– Le gabier de la Clepsydre, pour commencer, dit Sylvain. Ce devait être facile après la punition au fouet qu'il venait de subir.

Ciccone les regardait ahuri, et leur montrait le visage d'un homme apparemment sincère.

– Très bon comédien, ricana Jean-Baptiste, le bon Dieu sans confession.

Sylvain regardait cependant le pic menaçant de Ciccone et constatait que la largeur et la forme de l'outil, ne pouvait constituer l'arme fine utilisée pour assassiner.

– Je suis l'officier principal de la garde du gouverneur, dit Sylvain, rends-toi, sinon ta vie est finie ici, même si tu parviens à nous échapper. Si tu veux échapper à la condamnation à mort, tu devras prouver que tu n'es pas l'auteur de ces crimes. Mais tu auras un jugement avec la possibilité de dire ta vérité. Pose cette pique au sol, et pas d'entourloupe !

L'homme était las d'une vie de plus en plus difficile et laissa tomber son arme.

– A genoux, mains sur la tête, continua Sylvain.

Ciccone se laissa faire, et fut rapidement ficelé.

La descente de l'espalier de la cabane fut un peu brutale, mais le sol était meuble.

Tandis qu'ils le ramenaient au bâtiment principal de la tannerie, Sylvain ne put s'empêcher de dire à son père :

– Ce n'est pas avec son pic que les meurtres ont été commis ; il a peut-être une autre arme, plus fine, cachée dans ses poches ; il faudra le fouiller avant de rejoindre notre barge.

Mais Sylvain ne trouva pas le poinçon qu'il cherchait.

Chapitre 14. Eclaircissements douloureux

Le grand salon du palais de gouverneur avait été transformé en salle de tribunal.

D'un côté, ceux faisant l'objet d'accusations : la mère abbesse et Ciccone.

Bien qu'assis sur la même banquette, les deux accusés avaient tenu à mettre de la distance entre eux, certains d'être affectés par erreur au banc des accusés.

Sur le côté, les témoins appelés à apporter des précisions sur les faits incriminés : les sœurs Béatrice et Constance, Jean-Baptiste, l'abbé Chataud, maître Gribon et la sœur tourière du couvent.

Enfin, dans toute la largeur de la salle, trônaient les juges : le Gouverneur, l'évêque, le général adjoint des Jésuites, le responsable des moines capucins, et Sylvain Portail en tant qu'officier de la garde.

Gad, qui avait été recruté par le gouverneur pour tenir le rôle de greffier, était positionné aux pieds des hauts fauteuils des magistrats du jour.

– Deux affaires nous occupent aujourd'hui, déclara le gouverneur, d'où la composition inhabituelle de ce tribunal. Je vous propose de commencer par les incidents qui justifient la présence de toutes les autorités religieuses de la Nouvelle Orléans.

Il s'agit du cas de la mère abbesse des Ursulines, Jacqueline Sauvent, de son nom d'état civil. Quels sont les faits qui lui sont reprochés :

- Abus de pouvoir sur les sœurs de sa congrégation, sans respect des règles de son ordre, et punition faisant montre de cruauté.

- Absence constante de son établissement à des fins personnelles, abandon auquel pourvoit, comme elle le peut, la sœur tourière, ce dont nous la remercions.

- Détournement de fonds du royaume, en faisant fructifier les cassettes du roi non versées, du fait d'absence de mariage de certaines jeunes filles, alors que ces fonds doivent être reversés au Trésor, que je représente céans.

- Enfin, à la demande du notaire, maître Gribon, détournement de fonds public, puisque l'argent détourné a été affecté à des activités commerciales, sans aucun rapport avec la seule activité rémunératrice des Ursulines, l'éducation des jeunes filles.

La parole est donnée à l'accusée.

La mère abbesse avait décidé de jouer profil bas, comportement inhabituel.

– Il y a beaucoup d'approximations et d'erreurs dans ce que je viens d'entendre, dit-elle. Mais il est inutile d'aller plus avant. Je ne reconnais nullement ce tribunal improvisé, ne relevant que de la seule autorité de l'abbesse générale de l'ordre des Ursulines.

Et la mère abbesse se rassit, avec le maximum de dignité possible.

Le gouverneur consultait du regard ses voisins, apparemment gênés par l'argument.

Sœur Béatrice se leva alors, s'avança vers le gouverneur et lui tendit une feuille de papier plié, portant le cachet rouge, bleu et or, de son ordre.

Le gouverneur le déplia et lut lentement, puis passa le document aux religieux voisins.

Quand l'ensemble des juges eut pris connaissance du contenu de ce billet, le gouverneur s'inclina quelque peu devant Béatrice, lui remit sa feuille repliée et l'invita à prendre la parole, en s'adressant à la salle :

– Je suis mandatée ici, en Nouvelle France, pour représenter l'abbesse générale de mon ordre, en tous actes liés à l'organisation et au fonctionnement de notre antenne locale.

En conséquence, je reconnais, au nom de l'ordre des Ursulines, que le tribunal est compétent pour entendre et juger la mère abbesse, ici présente.

Et elle retourna s'asseoir, calmement, au milieu des autres témoins.

– J'aurais dû vous éliminer, glapit la mère abbesse.

– Bon début, dit le gouverneur ; sachez que tout ce que vous direz sera noté et pourra influer le jugement de ceux qui vous écoutent.

Procédons par ordre. D'abord pourquoi aviez-vous puni sœur Béatrice en la jetant dans une cellule d'isolement, sans nourriture semble-t-il ?

– Elle s'est opposée à moi, à plusieurs reprises, sans le respect dû à sa mère abbesse.

– Vous pouviez lui en faire grief, notamment lors des repas, en présence de toutes les sœurs ; vous n'avez pas chercher de solution par le dialogue.

– J'exerce mon autorité comme je le sens ; j'ai bien vu le caractère sournois de cette femme qui s'est bien gardée de me faire état de sa mission officielle.

– Quand on vous demande de surveiller une personne, en raison de doutes portés à votre connaissance, vous n'allez pas en informer celui ou celle que vous devez surveiller. Donc l'abus de pouvoir est constaté. Passons à vos absences nombreuses, au point que la sœur tourière vous remplaçait pour prendre les décisions urgentes dans la gestion de l'établissement scolaire pour jeunes filles. Quels étaient vos motifs de sorties ?

– Justement la bonne gestion. Il m'est arrivé d'aller voir l'évêque, le notaire ici présent, mais aussi vous-même cher Marquis, dois-je révéler l'objet de nos rencontres ?

– Je ne vois guère ce qu'il y aurait à cacher. Je monte des affaires et en toute légalité, d'ailleurs tout cela donne lieu à enregistrement par maître Gribon et il est vrai que vous êtes souvent associée financièrement à ces sociétés. En

revanche, j'ignore d'où provient votre capacité financière
et je n'ai jamais cherché à le savoir.

– Jolie présentation, bien à votre avantage : voulez-vous
qu'on parle de l'établissement récemment ouvert, rue des
bayous jaunes ? Un soi-disant salon de beauté ?

– Je comprends mal vos sous-entendus. Seules les
femmes de colons sont admises dans cet établissement et
à ma connaissance, il ne s'y passe rien d'indécent. J'ai
fait appel à vos talents pour intégrer par le mariage ou
une activité rémunérée, les femmes ou jeunes filles
arrivées de France. Quelques prostituées, chassées de
Paris, ont ainsi trouvé une activité de masseuse, de
coiffeuse, de tatoueuse et de serveuse de thé, fort bien !
En cela vous avez bien agi, pour notre communauté, ces
filles ne continueront pas à se prostituer dans les bas
quartiers de la ville, pour répandre des maladies. La
« maison jaune » n'est qu'un salon de beauté, comme il
en existe tant à Paris, notamment pour les soins de la
peau. Vous ne le saviez pas, sans doute, étant peu
utilisatrice de crèmes adoucissantes.

La mère abbesse écumait, surtout en voyant les prélats
pouffer aux derniers propos.

– Pour lever toute ambigüité, proposa l'évêque, et sous réserve qu'il y ait un jour de relâche dans cette maison, peut-être devriez-vous nous le faire visiter. Il n'est pire que les rumeurs et j'aime bien savoir à quoi m'en tenir, quand j'écoute mes ouailles en confession.

Curieusement, le Jésuite et le Capucin furent d'accord avec cette proposition, eux qui, d'habitude, se comportaient comme chien et chat.

– Je demanderai à ma femme d'organiser cette visite, y compris en présence du personnel, afin de montrer qu'on ne vous y cache rien.

L'évêque, le Jésuite et le Capucin opinèrent avec une satisfaction marquée.

– Jamais trop tard pour connaître la vraie vie, marmonna l'abbesse.

– Passons aux reproches financiers, continua le gouverneur. Lorsque les jeunes filles du roi ne se marient pas, décèdent, ou plus couramment ne convolent pas en noce dans le délai de trois mois, la dot est perdue et doit être remise au trésor du roi.

– Vous savez bien que nous n'avons plus de lien maritime avec la France depuis longtemps, comment voulez-vous que je renvoie matériellement ces sommes ?

– Peut-être avez-vous oublier que pour cette raison d'abandon momentanée, la fonction de trésor est dévolue au représentant du roi, c'est-à-dire le Gouverneur. Or je n'ai jamais reçu de votre part le versement de la moindre livre correspondant à ces dots non attribuées.

– Ah le coquin ! Vous-même conservez les taxes sur le tabac et le rhum et n'avez rien envoyé dans les coffres du roi Louis XV. Vous voilà pris à votre propre piège !

– Vous n'écoutez pas ce qu'on vous dit, la mère ; ces taxes sont versées au trésor, dont j'ai la charge et la responsabilité. Cela sert à payer la solde de nos gardes et surtout à acheter des armes aux espagnols, pour nous protéger des Anglais, et quelquefois des sauvages. L'argent que vous avez investi dans certaines de mes sociétés, je n'ai pas cherché à en connaître la source, d'autant que vous l'avez fait sous votre nom d'état civil, jamais comme représentante de votre ordre. C'est pourquoi le notaire considère que vous l'avez abusé en déclarant ces fonds comme votre bien propre, et non comme provenant de votre fonction de mère abbesse, à qui on confiait ces jeunes filles et leurs dots.

Cependant Gad écrivait, écrivait, écrivait sans relâche, changeant de plumes à plusieurs reprises. Il se demandait jusqu'où le gouverneur allait pousser sa démonstration pour en tirer avantage.

– Il appartient à notre tribunal de prendre les mesures les plus justes pour sanctionner tous ces agissements, déclara le gouverneur. Néanmoins, l'abbesse a rempli cette fonction durant de nombreuses années et il faudra en tenir compte pour apporter un jugement équilibré. Sœur Béatrice souhaite-t-elle s'exprimer, au nom de son ordre, à ce stade de nos réflexions ?

– Si des sanctions liées à une activité non religieuse doivent être prises, je vous en laisse juge. Mais pour ce qui est de son activité en tant qu'abbesse, je ne demande qu'une chose : que la mère abbesse soit renvoyée à la maison mère des Ursulines, dès qu'un bateau viendra accoster provenant de France. La suite est de notre seul ressort.

– Cela me parait très sensé, acquiesça l'évêque, satisfait qu'une partie du problème soit ainsi évacuée.

– Pour ce qui est de notre compétence, en effet, dit le gouverneur, je propose que la mère abbesse soit consignée dans une cellule du couvent, avec interdiction de sortie, je compte sur l'efficacité de la sœur tourière. Il reste enfin que le Trésor doit être dédommagé, en plus d'une sanction financière du fait des agissements constatés.

Aussi je propose au tribunal, que l'abbesse perde la propriété et les bénéfices de toutes les parts de société qu'elle a acquise, en mettant sous son nom des ressources qui étaient celles du roi. Ainsi la mère abbesse est dépossédée de l'ensemble de ses biens pour dédommager le Trésor.

Gad arrêta d'écrire, souriant, reconnaissant que le gouverneur restait un maître en trahison.

– Sales chiens, hurla l'abbesse en furie, je vous maudis tous et elle cracha vers eux.

– Gardes, cria Sylvain, emmenez l'abbesse dans une cellule de la prison pour qu'elle se calme ; elle sera ramenée au couvent ultérieurement, après décision du tribunal.

Il n'y eut pas vraiment d'échange oral entre les juges ;
quelques regards entendus, quelques gestes d'abandon,
quelques mouvements de tête d'acquiescement, l'affaire
était entendue.

– Votre proposition et la demande de sœur Béatrice
recueillent toutes deux notre assentiment conclut
l'évêque.

Gad posa enfin sa plume et se massa le poignet, en
soufflant une dernière fois sur l'encre.

Le gouverneur avait prévu quelques rafraichissements
avant de passer à la deuxième affaire.

Les prélats furent remerciés de leur contribution et
libérés, au motif que le cas suivant à traiter ne concernait
pas le champ du spirituel.

– A présent, reprit le gouverneur, occupons-nous du sieur
Ciccone.

Le grave délit que nous lui attribuons, devant témoins et
victimes, c'est l'opération qu'il a conduite à Bâton
Rouge, pour capturer trois colons avec des indiens
natchez, ennemis des Français. En cela, un crime de
trahison est déjà constaté. D'autre part il savait

pertinemment quel mauvais traitement serait subi par ceux qui deviendraient otages des Anglais.

Ensuite, le dénommé Ciccone est soupçonné d'être l'auteur de trois crimes, perpétués avec une pointe effilée dont la trace a été constatée sur chaque corps, au niveau du cou.

– Jamais, jamais, je n'ai jamais tué. Je joue beaucoup et j'ai toujours besoin d'argent. C'est pour ça que j'ai vu vendu les Portail aux indiens et en raison de leur refus de faire affaire avec moi, dans leur négoce de peaux. Mais les meurtres dont vous parlez ne me concernent pas et je n'ai pas l'arme que vous décrivez.

– Les hommes assassinés se sont avérés être des piliers de tavernes où l'on joue aux cartes beaucoup d'argent. Probablement ont-ils refusé de te payer ce que tu avais gagné, ou bien tu les as attaqués pour voler leurs gains. Le voilà ton mobile, déclara Sylvain.

– Je joue, je pers, d'accord, je m'échauffe et donne quelques horions, mais je ne suis jamais assez violent pour tuer. Et je n'ai pas d'aiguille dans mes poches.

– L'absence de l'arme du crime reste un problème, râla le gouverneur.

– Alors comment fais-tu pour trouver de l'argent pour jouer et boire, demanda Sylvain ?

– Je trafique du tabac, reconnut Ciccone.

– Que cela te suffise pour vivre au quotidien, soit, mais pas pour miser des masses d'argent !

– J'en demande un peu à ma sœur, avoua Ciccone à voix basse.

– Votre sœur, s'étonna le gouverneur, qui est votre sœur ?

– Je suis sa demi-sœur, déclara Constance en se levant de son banc. Nous avons le même père, mais je n'en suis pas fière.

– Cela se conçoit, dit le gouverneur ; et vous lui donnez beaucoup d'argent ?

– Je lui donne ce que j'ai, n'ayant besoin de rien pour remplir ma tâche d'Ursuline. Mais il a épuisé tout mon pécule, me promettant toujours de me rembourser le lendemain.

– Croyez-vous que votre frère puisse être ce criminel en série, demanda le gouverneur ?

Frère et sœur se regardaient, muets, comme s'ils parvenaient à communiquer autrement. Ce silence dura un bon moment, jusqu'au moment où le regard de la sœur vacilla, étincelant.

– Je le crois, hélas, capable de tels méfaits, concéda Constance ; déjà dans notre jeunesse, mon père l'a toujours cru être à l'origine de la disparition de notre mère, dont on n'a jamais retrouvé le corps.

– Saloperie, hurla Ciccone, qu'est-ce que tu me fais ? Tu crois que je vais me laisser accuser comme ça ? Je n'ai jamais tué un homme.

La nonne était tombée à genoux au sol, presqu'en extase devant les juges du tribunal.

– Relevez-vous, ma sœur, dit le gouverneur, presqu'ému par le geste.

– Elle va vous embobiner, comme elle sait si bien le faire. Elle est malade et me colle depuis que je suis adolescent, à croire que le risque de condamnation pour inceste ne l'effraie pas.

La remarque imposa un grand silence dans la salle, chacun prenant conscience de l'abomination du propos, qu'il soit justifié ou non.

– Être seulement demi-frère et demi-sœur n'autorise pas tout, déclara Sylvain, abasourdi.

La nonne ne bougeait pas, toujours en prière, les mains jointes et la tête basse.

– J'ai quitté la France à la suite d'une condamnation pour un larcin et pour trafic de sel, mais jamais pour meurtre, affirma Ciccone. Je ne pouvais pas savoir qu'elle me poursuivrait sur ce bateau pour la Louisiane. Elle a dû circonvenir quelqu'un de son ordre pour être affecter à une mission ici.

Sœur Béatrice s'agita soudain sur sa chaise. Elle se rappelait à quel point Constance l'avait suppliée de la prendre comme accompagnatrice de sa mission, au couvent de la Nouvelle Orléans. Elle regardait tantôt sa demi-sœur, tantôt Ciccone, se demandant lequel des deux avait le mensonge dans la peau.

– Constance. Constance redresse-toi, demanda sœur Béatrice. Pourquoi es-tu venue ce jour-là, me révéler que nous étions nées de la même mère, ce que j'ignorais ?

Constance se releva, et avança tout sourire, bras ouvert, en disant :

– Ma petite sœur que j'aime tant et qui avait disparu, dit-elle.

– Reste où tu es et réponds à ma question ?

– Et elle veut savoir quoi, l'intransigeante Béatrice ? Si on est vraiment sœur ? Qu'est-ce que j'en sais ? J'ai inventé ça sur le moment pour te convaincre, c'est tout.

– Quel aveu, commenta le gouverneur. Quel mépris pour les valeurs de la famille !

– Vous commencez à entrevoir son vrai visage, dit Ciccone. Elle est folle, je vous le dis.

C'est à cet instant que l'abbé Chataud se rappela l'étrange scène, dans le village des indiens chacta dont ils avaient dû s'enfuir, et le cou ensanglanté de l'homme gisant aux pieds des deux sœurs.

– Monsieur le gouverneur, intervint l'abbé en se levant, je demande que Sylvain, ou un de ses gardes, fouille sœur Constance, afin de s'assurer qu'elle ne détient pas une arme.

Les paroles de l'abbé eurent l'effet d'une décharge de foudre sur Constance, qui fouilla dans ses poches et en retira un long poinçon brillant de la main droite.

– Oui, c'est moi qui tue pour protéger ce petit merdeux, qui ne veut toujours pas de moi.

Et elle se retourna et se précipita pour asséner un coup sur Ciccone. Le garde, qui surveillait l'accusé, eut juste le temps de sortir son sabre pour parer le geste de la sœur et la maintenir à distance. Sylvain et un autre garde se précipitaient déjà pour la désarmer, quand elle se retourna, la pointe contre sa propre gorge, marcha jusqu'à Béatrice et lui dit :

– Je voulais juste une petite sœur, qui m'aide à me sauver. Tu t'interrogeais sur ma mission au Japon, j'en ai rapporté ce senbon[21], discret mais efficace. Adieu Béatrice.

Constance enfonça la longue aiguille dans son artère et elle s'effondra dans des flots de sang aux pieds de Béatrice, livide et paralysée.

Jean-Baptiste prit Béatrice dans ses bras pour qu'elle cesse de regarder fixement celle qui voulait être sa grande sœur.

– Ah je vous avais répété qu'elle était folle, continuait Ciccone, à présent soulagé et pensant que le procès était clos.

---

[21] Senbon : arme japonaise, sorte d'aiguille utilisée par les ninjas

– Embarquez-moi cet abruti, dit le gouverneur ; qu'il croupisse un peu en geôle avant qu'on ne rende un jugement sur ses propres délits.

Le gouverneur et Sylvain s'approchèrent de l'abbé, interrogatifs.

– Comment as-tu deviné, mon oncle ?

– Une divine révélation, demanda le gouverneur ?

– Non, je suis un sot, répondit l'abbé ; la vérité a éclaté sous mes yeux quand nous étions au sein d'une tribu indienne assez peu cordiale, et Constance y a tué un indien ivrogne qui pelotait sœur Béatrice. J'avais vu les traces au cou avec une coulure de sang. Mais je n'avais qu'une idée en tête, fuir avec les deux sœurs, avant que le meurtre ne soit découvert. Ça n'est pas très joli, je le reconnais, mais à l'heure actuelle, nous serions tous morts.

– Je m'occupe de faire retirer le corps de cette pauvre femme, dit Sylvain. Au fait, sœur Béatrice, je vois que vous reprenez un peu de couleur, juste une question : Constance était-elle vraiment une Ursuline ?

– Je crois que je n'ai plus de sœur, dans tous les sens du terme, répondit-elle, désolée.

Chapitre 15. Rites et cérémonies

BAM, BAM, BAM, BAM, BAM, BAM…

Le son de vieux tambours sourds résonnait en faisant trembler le chambranle des fenêtres.

Il faisait nuit noire et on ne voyait rien dans la forêt du bayou Trempette. Les tupelos agitaient leurs branches légères au rythme des tambours, mais on les entendait poussés par un vent léger, plus qu'on ne les voyait.

Joseph avait invité les femmes de la maison Portail et Adriel, à assister, cachés dans l'entrepôt de tannerie, à une cérémonie nocturne, en l'honneur des esclaves enterrés dans la prairie cimetière.

Une célébration organisée par les esclaves affranchis de la Nouvelle Orléans et à laquelle participeraient les esclaves laissés libres la nuit.

BAM, BAM, BAM, BAM, BAM, BAM…

Jean-Baptiste et Sylvain avaient accepté que leurs épouses s'y rendent, mais en venant armées, pour s'assurer contre tout danger.

Pour sa part l'abbé trouvait étrange qu'on laisse s'organiser librement un rituel qui pouvait cacher un culte vaudou et n'aurait pas souhaité y être convié. Enfin Gad affirma que c'était des rites mortuaires courants, pratiqués la nuit par les noirs.

Adriel avait emmené un petit pistolet, Joseph ne quittait plus son coupe-coupe et sœur Béatrice, bravant sa peur, serrait très fort son crucifix de bois.

– On ne voit toujours rien, dit Colette, alors que les roulements de tambour bourdonnaient de plus en plus fort.

– Toi, attendre, dit Joseph, bientôt vision torches.

Une lueur orangée paraissait, de temps à autre, entre les arbres, agrandissant au sol de gigantesques ombres de branches décharnées. Il faisait chaud et le léger souffle de vent ne modifiait pas les dessins des feuilles dentelées, projetés sur le chemin.

La faible lumière commença à jaunir ; l'air venait de s'emplir de vibrations qui résonnèrent dans leurs corps, comme saisis de tremblements intérieurs.

– Même ma croix a peur, dit sœur Béatrice effrayée.

– Ça être peau tendue tambours, répondit Joseph ; toi pas craindre, corps en fête !

Des ombres mobiles apparurent enfin dans la lumière de premières torches ; le cortège approchait.

– C'est pas morts vivants, demanda Adriel, inquiet ?

– Histoires pour faire peur aux blancs, ricana Joseph.

La tête de la procession apparut enfin, rayonnant sous l'éclairage des torches, haut dressées pour éclairer les suivants ; une femme demi-nue, fière, semblait conduire le premier rang.

– Mais, c'est Jasmine la tatoueuse, s'exclama Colette, éberluée.

– Elle, fille esclave marron, dit Joseph, clandestin bateau pour France. Retour pays !

Les tambourineurs arrêtèrent soudain de frapper, maillets en l'air et on entendit le son d'une petite cloche aigrelette, frappée avec une baguette métallique, trois fois.

– Ça être ogan, dit Joseph ; cérémonie maintenant.

Jasmine s'avança jusqu'au milieu du cimetière, encadrée par deux géants noirs, torses nus aussi, ondulant des épaules, corps penché en avant, présentant à Jasmine des feuilles de palmier. Des assistantes, tout de blanc vêtu, éclairaient la scène avec leurs torches étincelantes et fumantes.

Jasmine, assurant le rôle de prêtresse, commença à effranger les longues feuilles de palme, pour en déposer des morceaux sur chaque tombe. L'opération s'accompagna de chants très doux qui rappelaient étrangement des cantiques de Noël, à la différence qu'au fur et à mesure que le rite se poursuivait, le volume prenait de l'intensité, au point de devenir un chant à tue-tête. Le son étouffé de la cloche annonça la reprise des grondements des tambours, de plus en plus rythmés, et les participants commencèrent à danser sur place, en frappant dans leurs mains et en criant : l'heure était donc à la fête, dans une atmosphère excitante et joyeuse.

Elona ne put s'empêcher de se tortiller, trouvant là des rythmes qui lui convenaient.

– Prêtresse Mambo, commencer transe, dit Joseph, radieux d'entendre des chants anciens.

Les rapides trépignements de Jasmine, furent accompagnés, aux mêmes rythmes, par les lourds tambours, sous les cris de la foule réjouie. Jasmine, tantôt psalmodiait, tantôt lançait des incantations d'une voix rauque, mais surtout continuait à se tordre comme une liane, arborant ses tatouages sous les reflets rougeâtres des torches, dont la chaleur faisait ruisseler de sueur son corps de métis.

– Je ne comprends pas les mots qu'elle crie, chuchota sœur Béatrice.

– Oh jargon, dit Joseph, mais après, prières.

Les tambours atteignaient un rythme de frappe difficile à suivre et les assistantes entourèrent Jasmine qui se contorsionnait au ras du sol, telle une couleuvre mordorée sinuant dans la poussière. Les assistantes cachèrent la prêtresse à la vue de tous, derrière un immense linge blanc, dont elles l'entourèrent lorsqu'elle se releva.

Aussitôt les tambours s'arrêtèrent et les chanteurs s'approchèrent pour entourer Jasmine.

Le chant de l'Ave Regina fut entamé avec douceur par le chœur et Jasmine drapée dans son linge blanc, transformée, apparut aux yeux de tous, belle et en prière, comme dans les peintures représentant la vierge Marie.

– C'était bouleversant, dit sœur Béatrice, à deux doigts de tomber à genoux.

– Une pute qui fait vierge, commenta Adriel, peu impressionné ; il baissa la tête aussitôt pour échapper à une baffe de la part de Colette.

 Lentement le son du chant s'estompa, au fur et à mesure que le cortège quittait le cimetière, pour se réenfoncer dans la pénombre du bois ; seuls les tambours, qui accompagnaient de nouveau la marche, résonnèrent encore longtemps dans la tannerie des Portail.

– Magnifique, dit Elona, merci Joseph, et elle lui donna une bise qui le surprit beaucoup.

Colette acquiesça en prenant Joseph par le bras affectueusement.

– Je comprends mieux ce rite, dit sœur Béatrice, il doit leur permettre de sentir Dieu, dans tout leur corps. J'essaierai d'expliquer cela à l'abbé.

Tous la regardèrent admiratifs, avec une seule expression en tête : « bon courage » !

Grand tumulte ce matin dans la maison des Portail.

Voilà trois semaines que les bans de mariage avaient été publiés, sous le porche de la cathédrale Saint Louis.

Il y avait eu un petit souci pour le mariage de Jean-Baptiste et d'Elona. Cette dernière était méconnue de tout registre paroissial, sans date de naissance et sans parents connus.

Le gouverneur avait dû intervenir auprès de l'évêché, en demandant de faire confiance aux déclarations de l'intéressée quant à son âge calculé en lunes, et affirma avoir eu connaissance du père d'Elona, le chef Ectapas, d'un clan Chacta. L'évêque avait fait ses concessions en soulignant qu'Elona devrait adopter la religion catholique ; la présence de sœur Béatrice dans ces démarches, avait faciliter l'entretien.

Bref, on y était, c'était jour de noce, pour le père et pour le fils.

Elona se leva tôt du lit conjugal, avec une anxiété qu'elle souhaitait cacher ; le mariage allait la faire entrer dans cette société bourgeoise de colons, peu ouverte aux étrangers, encore moins aux peuples autochtones, dominés par les Français et les Anglais.

Elle lava longuement son visage pour s'assurer qu'il ne présentait aucun défaut et elle ne mit aucun fard, ni khôl.

Puis elle passa sa robe rouge de danseuse de Flamenco, qui mettait en valeur la teinte de sa peau cuivrée d'amérindienne.

Pour la première fois, elle coiffa ses cheveux noirs en chignon, comme Colette le lui avait appris, et les décora d'une fleur de magnolia et d'une plume verte de perroquet.

Elle mit ensuite ses grandes boucles d'oreilles rondes et des bracelets d'or à chaque bras.

Elle prit son temps, se regarda longuement dans la glace pour chercher un défaut, une faute de goût, un faux pli de la robe...

– Ne cherche plus, il n'y a rien à changer, dit Jean-Baptiste en admiration.

– Même pas un collier, demanda-t-elle, attentive à sa réaction ?

– Non, il ne faut pas que tu en portes, pour l'instant...

Elona fronça les sourcils, toujours inquiète qu'une tournure de phrase échappe à sa compréhension.

Un cri leur parvint soudainement. Comme on le craignait depuis deux jours, Adriel refusait de porter une culotte qui moulait ses fesses.

– Tous les hommes portent une culotte et des bas, lui dit l'abbé.

– Bah, non, pas toi, répondit Adriel. T'as même rien sous ta robe noire.

– Qu'est-ce que tu en sais ; tu es allé voir, garnement ?

Le sourire d'Adriel, l'air coquin, sidéra l'abbé. Cet enfant était capable de lui avoir soulever la robe, lors d'un moment d'assoupissement dans le salon. Il en rougit.

– Bon, dit Sylvain, entrant dans le salon, tu ne refais pas ta comédie d'hier. Si tu ne t'habilles pas correctement pour mon mariage, tu seras dispensé de la cérémonie, mais aussi du magnifique repas qui suivra dans un salon du gouverneur. Tu choisis !

Adriel baissa les yeux, vaincu ; après tout, il ne ferait que s'habiller comme tous les hommes et donc personne ne le remarquerait. Mais pas question de rater une bonne bouffe !

A son tour Colette enfilait sa robe de mariée ; une robe bleu ciel, somptueuse, avec un corsage orné de dentelle et une jupe volumineuse. Elle coiffa ses cheveux blonds en tresses, laissant pendre, de chaque côté du visage, les deux anglaises que lui avait fait boucler la coiffeuse Marie-France, et attacha les tresses avec un ruban bleu. Elle se maquilla légèrement, avec du rouge à lèvres et du fard à joues. Elle se trouva jolie et ne chercha pas, à ce moment, le regard de Sylvain.

De leur côté, les deux hommes à marier avaient décidé de porter le même costume, qu'ils avaient acheté la veille : un justaucorps de couleur sombre, avec des boutons gris et des poches de chaque côté, un gilet plus clair avec quelques broderies, une culotte blanche et des bas gris, enfin des chaussures à boucle, lustrées et de couleur noire.

Ils avaient considéré avoir dépensé assez d'argent et se dispensèrent de porter des chapeaux.

L'abbé avait lavé et repassé la veille, sa soutane la plus récente et astiqué sa croix de cuivre.

Joseph arriva de la dépendance, vêtu d'un gilet, d'une culotte et de bas, entièrement noirs.

– T'as l'air moins noir, comme ça, dit Adriel, étonné.

– Je sais pas où parti Gad, dit Joseph, l'est plus là.

– Il n'y pas de raison qu'il boude notre mariage, dit Jean-Baptiste. Il a lui aussi acheté des vêtements hier et son humeur était égale.

– Une dernière course à faire, supposa l'abbé ? Adriel, ton oncle ne t'a rien dit ?

– Peux pas dire, répondit Adriel.

– Comment ça, dit Sylvain, tu ne sais pas ou tu ne veux pas dire ?

– Peux pas dire, répéta Adriel, avec l'air de celui qui en sait beaucoup.

– Laissez-le tranquille, dit Colette entrant dans la pièce ; ça sent le secret !

Un silence admiratif accueillit la future mariée, qui posa quelque peu, au milieu de la pièce. Elona la rejoignit à ce moment, inquiète des regards et s'approcha de Colette pour bénéficier de sa bienveillance. Le silence se poursuivit quelques instants.

– Gravure de mode, dit Adriel, ouh, j'adore !

Ce ne fut que sourires entendus et regards de tendresse.

– A présent les hommes, il faut s'habiller, déclara l'abbé, pour ne pas montrer son émotion.

– Calèche prête pour cathédrale, dit Joseph, je vais voir le cheval. Viens Adriel.

Les deux jeunes femmes se regardaient, attendries l'une de l'autre.

– Un aboutissement pour moi, dit Colette, mais pour toi la vie en société commence, il faut encore t'intégrer, en rupture avec tes origines que tu ne dois pas oublier pour autant. Je reconnais que cette journée est plus difficile pour toi.

– Jean m'aide beaucoup, dit Elona, et je faire progrès en Français.

– C'est vrai, et plus que lui en chacta, je crois. Tu sais surtout que nous avons tous appris à t'aimer et que tu peux compter sur notre soutien.

Leurs deux futurs conjoints arrivèrent ensemble dans leurs vêtements identiques, avec juste la différence de visage et de chevelure.

– Grand frère et petit frère, commenta Elona et ils éclatèrent de rire.

Le trot du cheval, s'arrêtant devant le porche, leur rappela qu'il était temps de partir ; Joseph et Adriel trônaient, fouet à la main, sur le siège du cocher et Béatrice, dans ses habits d'Ursulines, tenaient les rênes. Tout le long du chemin jusqu'à la cathédrale, parcouru sous les applaudissements ou les cris de passants, les deux couples souriaient, profitant encore d'un air doux et rafraichissant.

Arrivés sur le parvis de la Cathédrale, bien du monde, connu mais inattendu, les accueillit en leur jetant des pétales de fleurs. Toutes les camarades de Colette avaient tenu à venir, certaines avec leurs époux, de même que les anciennes prostituées reconverties ou mariées et les Ursulines étaient toutes sorties du couvent, enfin sauf une.

Colette en aurait pleuré de joie, quand elle croisa le regard d'envie d'Elona, qui elle ne reconnaissait aucun visage ami, dans cette assistance.

Les deux couples descendirent de la calèche, sous des jets de confettis et gravirent les marches du porche de l'église.

L'abbé regardait la petite foule avec inquiétude ; toujours aucune trace de Gad, lequel avait accepté de se charger des anneaux de mariage.

Quand Adriel arriva avec Joseph, qui avait attaché son cheval à un anneau du tympan, l'abbé lui demanda :

– Mais que fait Gad ? On a besoin de lui !

– Moi, peux pas dire, répéta encore Adriel.

– Faîtes, Seigneur, que je ne le frappe pas dans une église, supplia l'abbé.

Il regarda les deux couples, craignant des regards d'inquiétude, mais ces deux-là baignaient dans une sorte de béatitude, qui le rassura.

Le pianiste du gouverneur jouait des toccatas de Bach à l'orgue, tandis que la nef s'emplissait d'invités et de nombreux louisianais amateurs de beaux mariages.

Le gouverneur arriva enfin avec son épouse, alla saluer les Portail et s'assit au premier rang.

L'évêque sortit à son tour de la sacristie et s'approcha d'un pupitre sur lequel il déposa un registre et divers documents.

Il s'avança pour accueillir les futurs mariés, quand Gad fit une entrée précipitée et donna, hors d'haleine, à chaque épousée, un bouquet d'hibiscus roses.

– C'était pour ça, dit l'abbé, en souriant à Adriel.

– Moi peux pas dire, répéta ce dernier, un peu trop fort.

– Chut, fit Béatrice, en roulant de gros yeux.

L'abbé poussa un grand soupir et regarda le plafond de l'église en fermant les yeux.

L'évêque invita les futurs mariés à s'asseoir sur des chaises disposées devant l'autel et leur fit prononcer les vœux du mariage.

Les paroissiens apprirent ce jour-là, pour la dernière fois, les noms de jeune fille de Colette Démarais et d'Elona Ectapas.

L'évêque les bénit, leur remit à chacun une médaille de mariage, les anneaux, que Gad n'avait pas perdus, et qu'ils devaient échanger, puis les félicita et les invita à s'embrasser.

Le registre fut rapidement signé par les mariés et leurs témoins. Elona dessina une belle croix, en forme de X.

Le pianiste du gouverneur entama un cantique joyeux pour accompagner les nouveaux mariés vers la sortie, sous les applaudissements de l'auditoire.

Parvenus au porche de la cathédrale, une autre assistance les attendait, calme et silencieuse. Gad avait réussi à faire venir les représentants de plusieurs clans Chactas, de façon à accompagner Elona, le jour de son mariage.

Les hommes portaient des chemises en peau de daim, des pantalons de toile et des mocassins de cuir, mais surtout de belles plumes de faucon dans leurs cheveux noirs.

Les quelques femmes portaient des robes de coton bleu, ornées de franges, des fleurs dans les cheveux et des bracelets de cuivre aux poignets.

Ils étaient beaux et fiers et Elona en fut très émue. Jean-Baptiste lui fit descendre les marches de la cathédrale pour aller au-devant des Chactas, et un vieux chef, arborant un lourd collier de coquillages, s'avança vers elle et lui donna une longue pipe, blanche comme l'albâtre.

Elona posa un genou en terre, tandis que le chef, étendant ses mains au-dessus de la tête d'Elona, psalmodia quelques phrases chantées et lui sourit, en la relevant.

Elona se retourna, en larmes de joie, regarda vers Gad et dit :

– Mon plus beau cadeau.

Puis elle se tourna vers Jean-Baptiste et l'invita à mettre aussi un genou en terre devant le vieux chef, afin de recevoir, lui aussi, sa bénédiction païenne.

Puis le vieux chef releva le jeune marié, prit sa main et la noua avec celle d'Elona ; alors tous les Chactas lancèrent un cri long et joyeux, qui impressionna l'assistance figée sur le parvis.

– Elona, dis-leur qu'ils sont les bienvenus à la fête chez le gouverneur, dit Jean-Baptiste.

Celle-ci n'eut pas besoin de traduire, tous avaient compris et crièrent de nouveau, de façon plus mélodieuse, mais plus anarchique.

– Tout cela nous promet une belle fête au Palais, commenta le gouverneur.

– Moi, les tenir, dit Elona fièrement, moi, fille de chef comme toi.

– Et l'avenir est aux sangs mêlés, conclut Jean-Baptiste.

Tous les invités montraient leur plaisir d'être présents à cette cérémonie et sortaient de la cathédrale en jetant de nouveau des pétales de fleurs sur les quatre mariés.

– Bon, dit Adriel, on va bouffer que des fleurs ?

Table des matières